사랑의 병원으로 놀러 오세요

허광훈 단편소설

목차

작가의 말	4
사랑의 병원으로 놀러 오세요	6
도이	20
다다	40
상담가와 방	66
망각의 반지	74
환생	86
태양의 서커스	110
리버힐 2시간 45분	142
나의 벽과 지붕이 있는 곳	160
미니픽션	178
천국의 악마들	180
남극의 봄	184
코코 에스프레소의 비밀	190
해파리 모자 이야기	194

코리안 할랄푸드의 슬픔	198
아기곰 삼 형제	202
거꾸로 매달린 의자	206
우리집 지나쳤어	210
내 이름은 김맑스	214
흑당버블티의 슬픔	218
바티칸 금서원의 비밀	222
탈모르파티	226
게비스콘은 위험해	236
동물농장	240
나도약하자	244
소피아 중학교의 슬픔	246
부록	250
MBTI FICTION : INTJ X 우주 X 망상	252
MBTI FICTION : INFP X 상처 X 심리	254
MBTI FICTION : ISTJ X ENTJ X 시계, 시선, 행복 X 로맨스판타지코믹액션스릴러공상과학	258

작가의 말

'소설 쓴 사람 술 마시는 날'

합평반 사람들은 합평하는 날을 이렇게 부르기도 했습니다. 합평은 소설 하나를 놓고 여러 명이 평가를 하는 자리입니다. 평가가 좋았던 적이 거의 없었어요. '기본이 안 되어 있다.' '작가의 감상을 읽고 싶어 하는 사람이 누가 있냐'같은 말들이 오갔습니다. 읽지 않고 오시는 분도 있었구요.

'이미 세상에 좋은 글을 쓰는 작가가 많은데 내가 꼭 글을, 소설을 써야 하는지 모르겠어.'

소설을 써온 누나가 합평이 끝나고 한 말이었습니다.

그때는 저도 '욕을 먹는 일'은 수준에 이르기 위한 당연한 과정으로 여겼고 잘 쓰기 위해 노력했던 것 같아요. 하지만 직설적인 성향이 그 욕심을 꺾었습니다. 그리고 여러 사례에서 처음부터 천재성이나 재능, 특별함을 가져야만 소설을 쓰거나 예술을 하는 게 아니라는 생각에 다다랐습니다. 헤르만 헤세도 첫 책은 21살에 자비출판한 44p짜리 시집이었고, 공무원 출신의 화가 앙리 루소는 50대 이전까지는 조롱만 당했다고 하죠.

헨리 데이빗 소로, 레드제플린, 니체도 마찬가지입니다.

4세 아동이 10개의 단어로 만들 수 있는 문장의 개수는 360만 개라고 해요. 가르치기 전부터 무의미한 배열 속에서 나름의 의미 있는 문장을 뽑아냅니다. 놀라운 일입니다. 언어학자 촘스키는 이를 두고 인간이 언어를 사용하는 건 가지고 태어나는 것으로 생득적이라고 말해요. 우리의 경험과 상상이 각자의 언어를 통해 고유성을 띄고 드러나는 것에는 모두 의미가 있다고 생각합니다.

즉 완벽하지 않아도 좋다고 생각해요. 어떤 부족은 문자가 없지만, 이야기를 구전 계승하는 독특한 방식이 있다고 합니다. 색색의 구슬을 묵주로 꿰어 흰색은 시작, 붉은색은 성장, 검은색은 위기, 노란색은 성취와 같은 의미를 부여한 후 그것을 굴려가며 부족에 이야기를 전한다고 하지요. 저는 제가 가진 이야기, 상상하는 이야기를 구슬로 엮어 전파하는 창작자이자 메신저가 되고 싶습니다.

*연재/판권 제안 : orerrrating@gmail.com

*블로그 : https://blog.naver.com/neos_1

*브런치 : https://brunch.co.kr/@qrrating

*인스타 : @grrating / @grrating_mbti

'한국인으로 30년쯤 살면 반드시 병이 온다.'

직장 동료에게 들은 말이다. 술담배도 안 하는데 회사원으로 살면서 거북목, 복부비만, 업무 스트레스까지 도저히 건강하다고는 말하기 힘든 몰골이다. 병으로 딱 짚어 말할 만큼 아픈 곳이 있는 건 아니었지만, 일찌감치 두통이며 근육통, 소화불량 같은 지질한 불편함에 시달렸다.

'QQQ 종합병원 개원기념 건강검진 무료'

언제부터였더라? 검색만 하면 검색어와 관련한 상품광고가 스마트폰에 반짝였다. '면도기'를 검색하면 화면 사방팔방에 면도기가 뜨는 식이다. 유튜브, 네이버, 인스타그램 할 것 없이 그런 광고가 깜빡인다.

어떤 병원인가 찾아보니, 미국 나스닥에 상장된 의료법인으로 마크 주커버그, 일론 머스크를 비롯한 저명인사의 건강을 담당하고 있었다. 성장기업과 빅데이터 협업을 통해 단순히 당일 검사만으로 얻은 데이터가 아니라 내가 지난 수십 년간 먹은 것, 행동한 것, 구매한 것을 바탕으로 건강한 삶을 제시한다는 설명이 붙어있다.

하긴 딥블루가 유럽 체스챔피언을 꺾은 게 사반세기 전이고, 인공지능이 이기기 불가능하다는 바둑 대국에서 알파고가 이세돌 9단도 꺾었는데 이런 시대가 와도 이상할 게 없었다. 한 여자와 평생을 같이 산 남편의 추측보다 여자가 누른 좋아요 100개를 토대로 AI가 추측해 낸 결괏값이 실재 그녀의 삶과 취향에 가까웠다는 기사를 읽은 적이 있다. 휴대폰 화면에 선착순 무료라는 자극적인 문구가 반짝거린다.

이게 정말 가능한 이야기인지 반신반의하면서도 반차를 내 병원을 방문하기로 했다.

병원은 세브란스 병원 맞은편 서울스퀘어 한 층을 통째로 쓰는 모양이었다. 메르세데스 벤츠 한국지사 건물 바로 아래, 붉은 서울 스퀘어 건물을 마치 잘라 놓은 것처럼 하얗고 반질거리는 외벽이 한 층을 전부 차지하고 있었다. 푸르스름한 통유리가 오후의 햇빛을 튕겨 낸다. 붉고 네모난 건물 한가운데 산토리니를 박아 놓은 듯한 모양새부터 믿음과 신뢰가 쌓이기 시작했다. 경험상 자본주의 사회에서 돈은 거짓말을 하는 일이 없다.

검사는 생각보다 체계적이었다. 병원 특유의 냄새도 없었고, 모든 설비가 최신식이었다. 피검사, 소변검사, MRI, 심지어 항문 내시경까지 철저하게 진행되었다.

약간 이상한 것은 흰 벽과 파란색 초록색 조명들, 잔잔한 ASMR을 재생하는 뱅앤올룹슨 스피커, 어째서 이런 곳에 있는지 모르겠는 굿즈 판매대(주로 테슬라 차량을 본뜬 다이캐스트, 스페이스 X 발사체 피규어 같은 미래적인 것이다)부터 각양각색의 관엽수까지, 병원이라기보다는 세련된 실내 플리마켓, 카페에 가까운 모습이다. 심지어 그 넓은 병원에 손님이 아무도 없었고 간호사도 심지어 한 명뿐이라는 점까지 묘했다.

그때까지만 해도 '요즘 만들어지는 병원이라 그런가보다'싶은 생각이 들 뿐, 특별한 의심이 들지는 않았다.

나를 담당한 간호사는 그 넓은 곳을 돌아다니면서 피검사부터, 치아 검사(원래 의사가 하는 거 아닌가?), 방사선사, 내시경까지 척척 해냈다. 나만 따라다니면 접수는 누가 받는 것인지 의구심이 들면서도 따져 물을 수 없었다. 가능하다면 내시경은 건너뛰고 싶다는 나의 말에 '그건 불가능합니다'라고 매몰차고 단호한 모습을 보였기 때문이다.(한마디라도 더 한다면, 팔에 끼고 있는 차트로 머리를 후려칠 것만 같았다.)표면적인 태도는 친절하기 그지없었어도 사람을 압박하는 듯한 느낌을 지울 수 없다.

모든 검사를 마치자 그녀는 믿을 수 없을 만큼 밝은 미소를 지어 보였다. 밝다는 말로는 모자랐다. 지금 와서 생각해 보면 그것은 마치 '나의 모든 것을 꿰뚫어 보았다'는 식의, 자신감이 서린 미소가 아니었을까?

"조심하세요.. 우리 교수님 꽤 무서운 분이시거든요."

"네?"

"음.. 말하자면, '관통'하신다고나 할까…. 특이하기도하고, 신비롭기도 하고…. 가끔은 환자 본인보다도 환자를 더 잘 아는 느낌이 들어요."

간호사는 무언가에 홀린 듯이 말들을 중얼거렸다. 유독 '관통'이라는 말에서 유독 또렷한 음성이다. 그 말을 듣자 내시경에 관통당한 뒷부분이 얼얼하다.

"선생님께서는 선생님을 얼마나 잘 알고 계신다고 생각하시나요?" 또렷한 목소리다.

"그게 무슨 말이에요? 음.. 혹시 어디가 아픈가요? 제가?"

간호사의 수수께끼 같은 말을 이해할 수 없었다.

"그런 게 있어요. 아 진료실, 도착했네요 그럼 안녕히"

간호사는 차트를 양손에 쥐고 허리를 굽혔다. 이상하게 격식을 갖춘 동작이다.

슬라이딩 도어가 새것인 듯 소리 없이 닫혔다. 의사 뒤로는 통유리로 크게 빠진 창이 있었다. 들어오기 전 산토리니를 연상시켰던 길고 푸른 창이 있던 공간이다.

크고 흰, 강당 같은 공간에 책상만 섬처럼 둥둥 떠 있다. 엄청난, 엄청난 공간의 낭비다. 의사 뒤에 세 사람은 강시처럼 서서 나를 쏘아보았다. 마주치기 힘들 정도로 강렬한 눈빛이다. '무섭다는 게 이런 건가?' 싶어 주춤하는 사이 의사가 손끝으로 책상을 툭툭 치며 헛기침을 해 보였다.

의사와 마주 앉고 보니 더 이상했다. 심각한 표정으로 차트를 훑어보던 의사는 안경 너머로 흘깃 나를 쳐다보았다. 그는

2대 8로 머리를 넘기고 금테안경을 쓰긴 했지만 누가 봐도 내 또래 정도로밖에 보이지 않았다. 그의 미간이 서서히 접히기 시작한다.

"무슨…. 문제라도 있나요?"

"심각해!"

그가 차트를 집어던지며 말했다. 플라스틱 깨지는 파열음, 아침 드라마에서나 볼법한, 과격한 액션이다. 순간 뒤에 세 사람이 '심각해' '어쩜 그럴 수 있지?' '정말 끔찍해'와 같은 추임새를 넣었다. 흰옷을 입고 있어 간호사인가 했지만 전부 흑인 여성이었고, 그중 한 명은 우피 골드버그를 연상시키는 부분이 있었다.

"키 175cm 몸무게 71kg, 시력 1.0, 혈액형 B형, 담배는 안 피우고 주량은 소주 한 병, 좋아하는 스포츠는 축구, 직업은 개발자, 친한 친구는 세 명…. 오 맙소사…. 자네는 너무 평범해…. 자네에게는 개성이 없네"

"네?"

나는 귀를 의심했다.

"그게.. 무슨 문제가 되나요?"

"심각한 문제지 만약 자네 같은 사람이 소설이나 영화, 그래 유튜브에 나온다고 생각해 보게 아무도 보려 하지 않을걸?"

의사 뒤의 코러스가 맞장구치며 몸을 비비 꼬았다. 마치 주

유소의 풍선 인형 같은 길고 유연한 움직임이다.

"그렇지만 이건 소설이나 영화가 아니잖아요? 유튜브도 할 생각 없어요!"

"소설이나 영화가 아닌지, 그걸 누가 어떻게 알지?"
의사는 말기 암 환자를 보는 표정으로 나를 쳐다보며 말했다

"그.. 그런 당신은 뭐가 달라?"

나는 당황하며 말했다.

"나는 의사이지만 평범한 삶을 살지 않기 위해 노력하고 있다네, 코러스를 고용한 것도 그렇지! 코러스를 고용한 의사를 본 적이 있나? 그렇지만 자네는…. 너무 평범해…. 너무 불쌍해!"

의사는 갑자기 책상에 머리를 처박고 울기 시작했다. 분한 것처럼 옆 주먹으로 책상을 내리친다.

"내가 도와줄게 베이비."

코러스 한 명이 스마트폰을 가로챘다. 다른 코러스는 춤을 추면서 '바이탈 퓨처'라는 향수를 주머니에서 꺼내 흔들어 보였다. 세 번째 코러스(가장 마르고 키가 컸다.)는 갑자기 노래를 하기 시작한다.

"서운 사이버 대학에~에에에 다니고, 나를 찾는 사람이~예에에 많아졌다아아"

어이없는 광경에 책상을 내려치고 소리쳤다.

"아니 전 건강검진을 받으러 왔을 뿐이에요!"

"흑흑.. 진료는 15초 후 시작된다네…. 광고를 원치 않으면 우측 하단에 SKIP 버튼을 누르게"

나는 책상에 자리한 태블릿 PC 화면에 번쩍이는 '바이탈 퓨처 구매하기' 우측하단에 작게 쓰인 SKIP을 연타했다. SKIP 3초 전, 2초 전, 1초 전이라는 문구 끝에 다시 화면이 돌아온다. 방금까지 X-RAY 화면을 보여주던 태블릿PC 였다. 그제야 노래가 멈추고 의사가 눈물을 닦으며 일어났다. 우피 골드버그를 닮은 코러스가 의사에게 스마트폰을 전달한다. 의사는 대견하다는 듯 그녀의 어깨를 토닥였다.

"이제 본격적으로 진료를 시작할 수 있겠군…. 감당할 수 있겠나?"

의사는 양손에 깍지를 끼고 안경 너머로 나를 올려다보았다. 나는 완전히 기가 질리고 말았다.

"아니 병원에서 광고가 나오는 이유가 뭐죠?"

"고객이 그걸 원했기 때문이지."

"저요? 저는 건강검진만 받으러 온 거에요!"

"자네? 자네 말고 광고비를 지불하는 진짜 고객 말일세, 자네는 공짜로 이 병원에서 건강검진을 받지 않았나? 그럼 자네는 상품이지! 어떻게 고객이 되겠나? 나는 이곳의 플랫폼을 만든 사람이고, 유튜브와 인스타그램에 돈을 들여 광고를 띄운 사람, 그 사람이 진짜 고객이지 자네의 기호와 시간은 상품이라 이 말이지, 우리 고객들이 원하는!"

의사는 내 스마트폰을 눈앞에 들이밀며 말했다. 인스타그램에 QQQ 종합병원, 바이탈 퓨처, 서운사이버대학교의 광고가 눈에 들어온다.

"도대체 무슨 말을 하시는 거예요?"

"자네가 상품이라는 말이 이해가 안 되는 건가? 지능에도 문제가 있나 보군.. 소견서에 적어놓겠네, DHA가 들어간 우유를 좀 마셔보게, 정기 구매 할인권도 준비되어 있지! 그리고 전혀 걱정하지 말게 우리가 도와줄 거야 당신이.. 아니 당신도 브랜드가 되는 거라구! 참고로 이 처방은 비보험이라네"

의사는 내 인스타그램에 피드를 하나 보여주었다. 피드 아래에는 '이 게시물은 다른 게시물에 비해 95% 도달률이 높으니 광고를 집행하는 걸 추천한다'는 문구가 보인다.

"우리 안젤리나가 비즈니스 계정으로 전환했다네, 태그를 13개나 선별해 붙였지, #평범함 #일상 #일상그램 보이나? 댓글과 팔로워가 붙는 게? 평범한 삶이란 이런 것이지, 이 정도 노력도 없이 평범하다고 자신할 수 있나? 아무것도 없는 자네의 삶은 이미 죽은 삶이나 마찬가지야!"

의사의 마지막 말에 맞추어 코러스가 각각 한마디씩 보태기 시작했다.

"이미 죽은 삶이지~"

"이미 죽은 거나 마찬가지~"

"바이탈 퓨처, 죽은 삶에 활기를"

"나도 하나 올려야겠군! 오랜만에 이렇게 멍청한 환자가 내원했으니 말이야."

의사는 몸을 돌려 셀카를 찍었다. 너무 순식간이라 얼굴을 가릴 수 없었다.

"뭐 하는 거예요? 이게?"

"이게 다 치료의 일환이지! 심각한 미디어 문맹이군, 미디어 트레이닝도 필요하겠어. 자네 아이디는 태그로 달아줌세 고마워할 필요는 없다네"

"닥치고 휴대폰이나 주세요!"

의사는 휴대폰을 돌려주는 척하더니 무언가 생각났다는 듯 다시 휴대폰을 가로챘다.

"음... 마지막으로 확인할 게 있는데... 자네의 유튜브를 구독 목록을 좀 봐야겠어."

유튜브는 알고리즘 때문인지 늘 보던 주제의 영상을 추천해 주었다. 의사는 내 스마트폰 화면을 쓱 훑어보더니 또 주먹으로 책상을 내리쳤다.

"아니 설마 자네 동기부여 채널을 이렇게나 구독한 건가?"

"왜, 왜요? 다 좋은 말만 해주시는 좋은 분들이라고요! 그건 그렇고 왜 함부로 남의 휴대폰을 뒤져봅니까?"

내 말에 의사는 휴대폰을 코러스에게 보여주었다. 불싯! 퍼킹 이디엇, 스튜핏 같은 힐난이 쏟아졌다.

"그래, 좋은 말만 해주겠지, 달콤하게, 중요한 문제도 쉽게 떠들어주고 말이지…. 근데 그거 아나? 이 양반들이 진짜 플랫폼의 '고객'이라는걸, 자네의 시간과 기호는 상품이라고 내가 두 번째 말하는 것 같은데, 이 사람들이 진짜 자네가 잘되었으면 하는 바람에서 자네의 시간을 갈취한다고 설마…. 생각하지는 않겠지?

"무슨 말씀인지 잘 모르겠어요"

"미치겠군 자네는 자기 생각이란 게 있긴 하나? 보자…. 직업, 정치, 인간관계 아주 안 보는 게 없구만, 스스로 생각이라는 걸 하느냐 이 말이야? 이 영상들이 자네의 '진짜 삶'에 도움이 되던가? 선한 영향력 운운하며 몇십만 명씩 힘을 불러 나갈 때 자네의 진짜 삶은 어땠지? 복부 비만에 거북목, 두통에 시달리진 않았나? 안 봐도 뻔해! 그러니까 생각 없이 광고에 휩쓸려 왔겠지!"

"보자 보자 하니까 자꾸 선을 넘으시네요! 이거.. 그 개인정보 보호법 위반 아니에요? 남의 휴대폰으로 마음대로…."

나는 자리에서 일어나 의사의 손에 들린 휴대폰을 뺏고 112

를 눌렀다.

"너희들 내가 다 신고했어! 하…. 가만히 있으니까 사람을 가마니로 보나 본데, 니들 거기 가만히 있어 곧 경찰들 올 테니까…. 이 다단계, 사이비, 사기꾼놈들아!"

내 말에 의사와 코러스는 양손을 위로 올리며 상관없다는 표정을 지어 보였다.

잠시 후 슬라이딩 도어가 열리고 처음 검진을 진행했던 간호사와 두 명의 경찰이 진료실에 들어왔다. 그녀는 나와 눈을 마주치자 눈썹을 한번 추켜세워 보였다.

"정간호사 설명해 드려"

의사가 말했다.

"광고를 보시고 온 손님입니다. 무료로 검사를 모두 진행하였고, 여기에 성실히 응한다는 동의서에도 사인을 하셨는데…. 서비스가 마음에 들지 않으셨나 봐요."

"아니 그게 아니라!"

"저기 선생님 진정하시고요 우선 살펴보니까, 동의서에 다 동의하셨네요? 혹시 동의서 내용은 읽어보셨어요?"

나이가 있어 보이는 키 작은 경찰이 입을 열었다. 모자를 벗고 머리를 긁적이는데 풍성한 주변머리에 비해 빈 정수리가 눈에 들어온다. 마치 일본의 요괴, 갓파를 보는 기분이다. 눈을 치켜뜨자 이마 주름살이 접혀 보인다. 무척 귀찮아하는 모양새다. 나는 아무 말도 하지 못했다. 누가 그렇게 빽빽하게 정리된 동의서를 읽는단 말인가? 수많은 사이트에 가입하면서도, 보험에 가입하면서도, 심지어 적금을 들면서도 한 번도 읽어본 적이 없다.

"아니 여기 진료에 적극 협조한다고 나와 있고…. 선생님께서 싸인을 다 하셨는데, 이러시면 저희도 곤란합니다. 병원 클레임 가지고 출동할 만큼 한가하지가 않아요 저희가, 무료로 좋은 일 하시는 분을…."

찬찬히 읽어보니 경찰이 건넨 서류에는 아주 포괄적인 개인정보 동의와 일부 정신과 검진까지 포함되어 있음이 설명되어 있었다. 곧 경찰이 돌아가고 나는 허탈한 심정으로 다시 의자 앉았다.

"이거…. 엄밀히 따지고 보면 영업방해야 알지? 거기까지는 봐줄게, 음…. 정신과 전문의로서, 지금 보면 신경증부터 강박증까지 있는 것 같고.."

의사가 한껏 진지한 표정으로 말했다. 바로 옆에서는 안젤리나가 다시 향수를 꺼내 보이며 말을 잇는다.

"신경 쓰이고 피곤할 때는 바이탈 퓨처와 함께!"

"아아아아아아아아아!!!"

나는 귀를 틀어막고 소리를 질렀다. 아무것도 듣고 싶지 않았다. 등 뒤에서 인기척이 느껴졌다. 의사 가운으로 보아 그가 내 뒤로 온 모양이다. 양어깨에 의사의 단단한 손아귀가 느껴졌다.

"이미 넌 다 알아버렸어. 한번 깨진 컵은 눈 가리고 안 본다고 다시 붙지 않아…. 알겠어?"

나는 그대로 병원을 뛰쳐나왔다. 병원을 뛰쳐나와 집을 향해 달리고 또 달렸다. 휴대폰을 보기가 무서웠다. 컴퓨터를 켜는 데 용기가 필요했다. 더 무서웠던 것은, 병원을 뛰쳐나온 나의 손에 바이탈 퓨처 향수가 들려있었다는 사실이다.

다음날 휴대폰과 컴퓨터, 아이패드에 광고 차단 프로그램을 설치했다. 유튜브도 사용 기록을 중지했으며 인스타그램은 잠시 비공개로 전환해두었다.

"선생님은 선생님을 얼마나 알고 계신다고 생각하시나요?"

진료실에 들어가기 전, 정간호사의 질문이 요즘은 자꾸 머릿속에 맴돈다. 나의 욕망은 진짜 나의 욕망인지, 어디선가 나의 시간과 기호가 매매된 결과인지 감이 잡히지 않았다. 나는 정말 나의 삶을 살아가고 있는 것일까? 나의 자유의지는 정말 자유로운가 하는, 그런 의문에 나는 쉽게 대답할 수 없었던 것이다.

너무 지쳤다.
살아갈 기운이 없다.
이건 자연사다.

도이

너무 지쳤다.

살아갈 기운이 없다.

이건 자연사다.

　삼촌은 세 줄짜리 유서와 열세 장의 서류를 남기고 떠났다. 나는 교복을 입고 있었고, 아버지는 군복을 입고 있었다. 어머니는 까만 원피스 차림으로 조문객을 맞았다. 다른 친척은 오지 않았다. 동료 문인 몇이 찾아와 육개장을 비우고 돌아갔다. 먹먹함에 숨이 막혔다. 키 크고 마른 여자가 녹차 캔을 건넸다. "네가 도이니?" 나는 캔을 받아들고 고개를 끄덕였다. "네가 자기보다 좋은 시인이 될 거라고, 항상 그러더라." 나는 '항상'이라는 말을 곱씹으며 녹차를 비웠다. 묵직한 덩어리가 목을 타고 내려갔다. 속이 메스꺼웠다. 화장실로 뛰어 들어가 녹차를 게워냈다.

　"도이야. 삼촌, 보고 싶어지면…. 연락해"

　여자는 내게 초록색 명함을 건넸다. 일렁이는 초록색이다.

　사인은 익사, 삼촌은 강원도 작업실 정원 가운데 파놓은 인공연못에서 둥둥 뜬 채로 발견되었다. 언젠가 여름방학 종아리를 걷은 삼촌의 모습을 기억한다. 하얀 발이 물 아래로 어른거렸다. 나는 허리까지 오는 수심에 만족할 수 없어 수시로 자맥질을 하곤 했다. 그러니까, 성인 남자가 익사할만한 깊이가 아니었다. 아버지에게 매달려 부검이라도 해야 하지 않느냐고 흐느끼며 말했다.

"시간 낭비야."

아버지의 말은 차가웠다.

다섯 시가 넘어 변호사가 찾아왔다. '유언집행자'라고 했다. 반 무테안경이 눈을 가려 마치 삭선을 그은 것처럼 보였다. 납작한 서류 가방에서 한 뭉치의 서류가 나왔다. 변호사는 손을 내미는 아버지가 아닌, 내 앞에 서류를 두었다. 서류마다 삼촌의 날인이 찍혀있다. 변호사는 스마트폰을 꺼내 재생 버튼을 눌렀다. 삼촌의 목소리가 들렸다.

"만약 그전에 죽는다면, 성년 이후 10년 동안 지급해주세요. 위탁은 안 됩니다."

겨우 정신을 차리고 들었을 때 재생이 끝났다. 변호사는 삼촌이 강원도 별장을 포함한 자산을 전부 현금화해 회사에 맡겼고 내가 성년이 되는 해에 지급될 것이라고 보충했다. 아버지는 말도 안 되는 소리라며 일갈했지만, 변호사는 잠시 안경을 추어올리더니 망자의 유언을 분명히 이행하는 것이 자신들이 할 일이라며 일축했다.

아버지는 삼촌을 '나약한 새끼'라고 말했다. '감상적 쓰레기'라거나, '약쟁이' 같은 말도 서슴지 않았다. 어머니가 양복이라도 입으라고 권했음에도 마지막까지 군복을 벗지 않았다. 아버지를 생각하면 지시봉이 떠오른다. 아버지의 지시봉은 삼촌의 펜대를 못마땅하게 여겼다.

나는 삼촌의 유골함을 품에 안고 운구차 뒷좌석에 앉았다. 어릴 적 내가, 자주 이렇게 안기곤 했었는데. 눈물이 났다. 후사경으로 아버지의 시선이 느껴졌다. 울음을 그치고 더 깊게 단지를 끌어안았다. 도착한 곳은 경기도의 한 수목장원이다.

삼촌은 서류에 장례 절차부터 묻힐 곳까지 스스로 정해두었다. 잔디밭에 열을 맞춘 나무들이 눈에 들어왔다. 매장이 끝난 자리에 향나무가 심겼다. 새파란 잎사귀가 선명했다. 날씨가 지독하게 맑았다. 나는 파란 잎사귀를 한 움큼 뜯어 붉게 드러난 흙 위에 털어냈다. 파란 부스러기가 붉게 드러난 흙을 감춘다. 치마에 묻은 향나무 잎사귀를 발견한 건, 차에 오르고 한참이 지난 후였다.

*

삼촌의 돈이 통장에 들어왔다. 나는 아버지의 바람과 거리가 멀었던 K대학교 문창과에 입학했다. 삼촌의 모교이기도 했다. 그리고 한 학기 만에 자퇴했다. 기말고사 즈음 처음으로 참여한 합평에서 뛰쳐나온 이후로 도저히 강의를 들을 수 없었다.

"도이씨의 시는 명확한 주제가 없는 것 같아요. 소설이든 시든 한 줄로 정리할 수 있는 주제가 있어야 하는 거 아닌가요?"

'우리 딸이 공부는 좀 했잖아'라는 말이 딸려왔다. 나는 생각해보겠다는 말을 웅얼거렸다. 방문을 닫으면 마음이 편해졌다. 책상에는 읽다 만 시집이 놓여있다. 삼촌의 유품이다. 노트북을 켜고 내키는 대로 시를 써 보기도 했다. 몇 개월의 시간이 흐르고 그동안 쓴 시를 갈무리해 두 개 신문사에 등기를 붙였다. D일보와 지방신문사인 G신문, 첫 신춘문예 투고였다. 부모님께는 말하지 않았다. 삼촌이 살아있었다면, 살아있었더라면.

*

날씨가 춥다. 나는 G신문 본심에 올랐다가 떨어졌다. 친구를 만나고 오는 길에 베이커리에 들렀다. 티라미수와 크림빵, 엄마가 좋아하는 단팥빵, 비싼 타르트까지 내키는 대로 집게를 뻗었다. 봉지가 제법 묵직했다. 빵이 뭉개지지 않게 조심하며 걸었다. 하늘은 짙은 푸른색이다. 눈조차 파랗게 내릴지 모르겠다. 몸 전체가 감색으로 물드는 상상에 잠길 즈음 푸른 대문에 닿았다. 문을 열자 아버지의 차가 눈에 들어왔다.

방문을 닫았다. 노트북으로 배경음악을 틀었다. 오아시스, 엘리엇 스미스 같은 브릿팝이 좋았다. 삼촌도 내킬 때면 기타를 잡고 'Between The Bars'를 부르곤 했었다. 톤 낮은 목소리가 다른 노래 같으면서도 어쩐지 잘 어울렸다. 비공개 블로그에 포스트 쓰기 버튼을 누르고 시를 썼다. 한 줄 쓰는데 문 두드리는 소리가 들렸다.

"도이야 나와서 이야기 좀 하자"

아버지의 낮은 목소리가 문틈을 파고들었다. 나는 헤드폰을 벗고 자리에서 일어났다. 거실 탁자에는 어머니가 내놓은 녹차가 김을 내고 있었다. 아버지는 차를 한 모금 하더니 늘 비슷한 내용의 정신교육을 시작했다. 나는 말이 끝나는 타이밍마다 알겠다는 듯 고개를 끄덕였다.

"그럼 올해는 뭐 생각해둔 게 있겠지?"

아버지가 말했다.

"그냥…. 이대로가 좋아요."

나는 아버지의 눈을 피하며 말했다.

적막이 감돌았다. 아버지는 나를 뚫어지게 쳐다보았다. 나는 실은 시를 쓰고 있으며 올해 등단은 못 했지만, 본심에는 올랐다고 고백했다. 살짝 웃어 보이기까지 했다. 아버지의 표정은 한층 더 험악해져 있었다. 심장이 떨렸다. 아버지는 손바닥을 올렸다가 차마 때리지 못하고 탁자를 내리쳤다. 왈칵 눈물이 쏟아졌다. 굳어서 아무것도 할 수 없었다. 아버지가 일어나고 큰방 문이 닫히는 소리가 들렸다. 엄마는 찻잔을 치우곤 TV를 켠다. 과장된 성우의 목소리, 주춤주춤 몸을 일으켜 내 방으로 향했다. 문을 닫자 허기가 몰려왔다. 저녁에 사 온 타르트를 꺼내 물었다. 타라미수와 크림빵, 엄마 몫의 단팥빵까지 전부 먹고 나니 잠이 쏟아졌다.

  2주 동안 집 밖으로 나가지 않았다. 내 편이라고 생각했던 엄마조차 이제는 지친 모양이었다. 온종일 비공개 블로그에 우울한 글을 끼적거렸다. 우울하고 비참했다. 더이상 이 집에서 살 수 없다는 생각에 미쳤을 때, 통장을 쥐고 코트를 챙겨 입었다. 문을 여는 데 용기가 필요했다. '던전 앤 드래곤'이 생각났다. 삼촌의 구형 엑스박스로 했던 게임, 삼촌은 칼과 방패를 든 전사를 나는 로브를 뒤집어쓴 마법사를 플레이하곤 했다. 같이 용을 잡았을 때, 그 희열을 기억한다. 이제는 전부 혼자 플레이해야 한다.

  오백사십이만 원이 통장에 찍혔다. "오백사십이만원...." 주문서에 스펠을 읊듯 통장을 보며 중얼거렸다. 실감이 나지 않았다. 직방에 보증금 500만 원을 설정하고 주변을 검색했다. 월 20만 원부터 45만 원까지 월세방이 주르륵 잡혔다 '역세권 *버세권 깔끔하고 반듯한 풀옵션 원룸'을 클릭하자 화장실 딸린 작은 방이 눈에 들어왔다.

방은 생각보다 좁았다. 사진 속 희고 깔끔한 벽지는 그사이 부식이라 된 것인지 누리끼리했다. 화장실엔 곰팡이가 끼어있다. 부동산 아저씨는 이런 조건이 없다며 너스레를 떨었다. 햇빛이 잘 든다며 창문에 손을 대자 부서지는 소리가 났다.

"그래서 방은 마음에 드세요?"

"네? 네에...."

보증금과 월세가 빠져나가자 십 이 만원이 남았다. 나는 떡볶이 코트를 입은 채 방에 대짜로 누워 낯선 천장을 바라보았다. 움직일 기운조차 남아 있지 않았다. 한 손에는 껍데기만 남은 통장이, 다른 한 손에는 계약서가 담긴 봉투가 들려있다. 반쯤 열린 창문에서 눈이 새 들어왔다. 뱃속이 뻐근하게 아려왔다.

난방은 취약했다. 글을 쓰긴커녕 낙서조차 할 수 없는 나날이 이어졌다. 몸은 자꾸 말라갔다. 친구들은 소공녀니 공주 놀이니 하는 말로 속을 뒤집어 놓았다. 삼촌이, 삼촌이 너무 보고 싶었다.

평택으로 가는 버스 안, 떡볶이 코트에 헤드폰을 쓴 채 의자를 젖혔다. 앨리엇 스미스의 'Between The Bars'가 흘러나온다. '당신이 더 이상 원하지 않는 사람들, 압박하고 밀치고 당신 뜻에 따르지 않는 사람들을 멈추게 할게요.' 부드러운 목소리에 잠이 쏟아졌다.

계절은 변했지만 나는 고정되어 있었다. 마음속에서는 무언가 큰일이 벌어지고 있는 것 같은데, 아무것도 표현할 수 없었다. 눈만 무심하게 내리고 쌓여다. 발목이 시리다. 기억과 감각이 무채색으로 가라앉는다. 내리는 폭설에 한 치 앞도 보이지가 않았다.

수목원은 제설에 여념이 없었다. 상록수로 들어찬 공원은 부자연스러웠다. 나이 든 사람이 젊은 차림을 한 모양이다. 삼촌의 정원을 한 번이라도 가본 사람이라면, 단번에 눈치챌 수 있는 부조화였다. 오래 앉은 탓인지 발걸음이 불안했다. 어릴 적 아버지는 안짱걸음으로 걷는 나를 고친 답치고 한동안 '큰 걸음'으로 걷게 했다. 팔을 구십도 까지 올리고 다리는 앞굽이 자세로 크게 걷는 걸음이다. 사소한 것부터 상처다. 최대한 발에 힘을 주고 걸었다. 한 발짝 한 발짝, 호흡이 희미하게 거칠어질 즈음 나는 삼촌의 나무에 닿았다. 삼촌의 기일이었다.

*

'나무는 입이 땅에 박혀있고 다리가 거꾸로 서 있어. 그러니까 무슨 말을 하는지 들으려면 뿌리 쪽에 귀를 대봐' 나는 삼촌의 말에 몸을 웅크렸다. 땅에 귀를 대자 뺨이 간지러웠다. '소리가 들려요.' 시계 소리 같기도 하고 긁는 소리 같기도 했다. 삼촌은 내 뺨에 묻은 흙을 털며 웃어 보였다. 그런 날이 있었다.

그런 날도 있었다.

눈에 뒤덮인 향나무는 커다란 아이스크림 같았다. 나는 조심스럽게 무릎을 꿇고 뿌리 부근에 귀를 기울였다. 어떤 소리도 들리지 않았다. 무릎이 시렸다. 미간에 눈물이 고여 떨어진다. '삼촌, 뭐라도 좋으니까 아무 말이나 해줘 봐요 좀.' 그 순간 부스럭하는 소리가 들렸다. 나는 눈을 크게 뜨고 소리에 집중했다. '퍽'하는 소리와 함께 통증이 작렬했다. 눈에 꺾인 나뭇가지가 등을 친 모양이었다. 목덜미 안으로 눈이 끼쳐 들어왔다. 오랜만에 본 조카를 발로 찬 격이었다. 나는 그대로 웅크려 앉았다. 서 있을 기운도 없었다. 창피하고 무기력해서 그대로 땅속에 들어가고 싶었다. 이제 더 기댈 곳은 없다.

"괜찮니?"

등 뒤에서 낮은 목소리가 들려왔다. 나는 웅크린 자세 그대로 뒤를 돌아봤다. 키가 크고 마른 여자, 녹차를 건넸던 여자다. 부끄러움에 몸을 일으키고 코트에 묻은 눈을 털어냈다.

"거기서 뭐 하고 있었어?"

"절하고 있었는데요."

나는 그녀의 눈을 피하며 말했다.

"피나, 목에"

여자는 뒷목을 쓸어 보였다. 머리카락이 걷히면서 하얀 그녀의 목이 드러났다. 내가 따라서 뒷목을 쓸자 빨갛게 피가 묻어났다. 나는 여자가 건넨 하얀 손수건을 받아 상처가 난 부분을 눌렀다. 통증이 몰려왔다. 미간을 좁히고 고개를 숙였다. 여자는 잠시만 기다리라고 말하곤 주차장 쪽을 향했다. 나는 허리를 틀어 향나무를 바라보았다.

"목 좀 보여줄래?"

여자는 대일밴드를 가져왔다. 목덜미에 닿는 손이 차다. 커다란 눈에 광대가 드러나 초췌해 보였다. 이십 대 후반? 나는 그녀를 '초체'라고 부르기로 했다.

"감사합니다."

초체는 삼촌의 향나무를 바라보았다. 눈이 맑았다. 폴라니트에 패딩까지 걸쳤는데도 마른 티가 났다.

"서울 살아? 갈 거면 터미널까지 태워다주고."

강요는 아니라는 듯 손바닥을 내 쪽으로 펼쳐 보였다. 잠시 망설이다가 통장에 남은 금액을 떠올리곤 고개를 끄덕였다. 빨리 평택을 뜨고 싶었다. 방에 대짜로 누워 천장을 바라볼 생각이다. 초체는 웃으며 고개를 끄덕였다. 초체는 잠실에 산다고 했다. 창밖을 바라보았다. 차 안은 따뜻했다. 나는 손수건을 꺼내 만지작거렸다. 이제 와서 생각해보면 나는 초체가 삼촌의 애인, 그 이상의 존재가 아니었을까 싶다. 그렇지 않고서야

*

아르바이트를 구했다. 삼촌의 지원금으론 집세를 내고 나면 남는 게 없었다. 그마저도 오래 일할 자신이 없었기에 직업소개소를 통해 일당을 뛰었다. 봉고차를 타고 외곽 갈빗집에 홀서빙을 하기도 하고 편의점 일을 대리로 뛰기도 했다.(인수인계가 맞지 않아 번 돈을 다 토해내야 했지만) 소개소에는 수능을 끝내고 아르바이트를 구하지 못한 아이들이 많이 찾아왔다. 일주일쯤 지나자 '일 못 하는 언니'라고 수군대는 소리가 들려왔다. 손이 느려서 설거지도 못 했다.

이 주쯤 지나자 통장에 웬만큼 돈이 쌓였다. 오랜만에 친구들과 카페에 들렀다. 확실히 달랐다. 친구들은 화장부터 옷차림까지 태가 났다면, 나는 어느 고등학교에서 걸어 나와도 이상하지 않을 차림새를 하고 있었다. 아니, 요즘 고등학생도 이렇지는 않다. 친구들이 남자친구 이야기에 열을 올렸다. 나는 초체를 생각했다.

양손이 무거웠다. 통장은 또 껍데기만 남고 말았다. 감색 코트에 아이보리색 기모 블라우스, 까만 스커트, 굽 높은 부츠까지 일 주 일분 일당이 날아갔다. 세일을 한들 겨울옷은 비싸고 또 비쌌다. 2주 넘게 계류 중인 초체의 손수건을 꺼내 만지작거리다가 마침내 휴대폰을 들었다. 강남역, 초체는 4번 출구 할리스에서 기다리고 있다고 했다. 지하부터 2층 실내 테라스까지 개방된 구조였지만, 사람들로 꽉 차있어 답답하고 또 답답했다. 2층에 앉아있는 초체의 모습이 보였다. 긴 머리에 좁고 가는 어깨, 단박에 알아볼 수 있었다. 층계를 밟는 다리가 후들거렸다. 맞은편 의자를 빼자 초체는 책을 덮고 나를 바라보았다. 뿔테안경, 전혀 다른 인상이다. 앞을 보고 앉아 있었다면 초체를 알아보지 못했을 테다.

"뭐 마실래?"

초체의 낮고 나른한 목소리에 마음이 가라앉았다. 내가 산다는 말에 초체는 아메리카노를 주문했다.

"그날 그 꽃 언니가 둔 거예요?"

초체를 처음 만난 날, 삼촌의 향나무 아래는 하얀 작약 꽃이 놓여있었다. 초체는 눈을 감은 채 고개를 끄덕였다. 초체는 삼촌을 대학원에서 만났다고 했다. 내가 12살 무렵, 삼촌은 중국 유학을 간 적이 있었다. 삼촌에 대해 몇 가지 질문을 더 했지만, 초체의 불편한 표정에 말을 삼켰다. 새로 알게 된 사실은 삼촌이 칭화대에서 미대 석사과정을 밟았다는 것이다. 삼촌이 그림을 그리는 모습을 한 번도 본 적이 없다.

"넌 요즘 어떻게 지내니?"

그동안 있었던 일들을 초체에게 털어놓았다. 초체는 다시 손수건을 건넸다.

"네 글, 내가 좀 볼 수 있을까?"

나는 고개를 끄덕였다.

*

주말이면 초체의 카페에 들렀다. 청록색 외벽에 테이블 다섯 개, 일인용 테이블이 두 개, 장식은 거의 없다. 커피도 팔지만, 보이차나 계피차가 더 좋았다. 나는 구석에 놓인 일인 석에서 책을 읽기도 하고 드물게 손님이 많은 날이면 설거지를 도왔다. 가게가 한산할 때는 초체와 수다를 떨기도 했다. 5월에 문예지 공모가 있으니 넣어보라는 초체의 말에 고개를 끄덕였다.

주중에는 9시부터 7시까지 물류센터에서 책상, 책장, 전신거울 같은 가구를 날랐다. 일급으로 7만 원을 받았다. 시간이 지나고 일이 익자 셔틀버스에 곯아떨어진 사람들의 얼굴이 보이기 시작했다. 일에 지치고 찌든 얼굴들, 매달 10일이면 삼촌의 돈이 들어왔다. 삼촌은 학비를 대고 싶었던 게 아닐까? 매달 그 돈이 월세로 나가고, 생활비 때문에 물류센터에서 일하는 모습은 상상도 못 하겠지? 쓴웃음이 났다.

"음악 제가 틀어도 돼요?"

초체는 고개를 끄덕였다. 기분에 설거지를 돕다가 팔이 저려왔다. 어제 나른 4단 서랍이 문제였다. 초체는 잠시 나를 살피더니 작은방에서 파스를 몇 장 꺼내왔다. 초체의 손이 등에 닿았다. 파스의 촉감이 어깨로부터 차갑게 퍼지다가 이내 화끈하다. 밀도 높은 열기였다. 매무새를 정리하고 다시 전용석에서 책을 펼쳤다. 글자가 눈에 들어오지 않았다.

초체도 시를 썼다고 했다. 한 번도 보여주지 않았지만, 내 시를 봐줄 때만큼은 언제나 진지했다. 첨삭대로 퇴고를 거치고 나면 처음 쓴 게 부끄러울 정도로 좋아졌다. 내리쬐는 겨울이었다. 코트를 의자에 걸쳐놓고 안으로 쏟아지는 해를 맞았다.

노곤함에 눈이 감겼다. 정원은 우거져서 발조차 들일 수 없었다. 이럴 리가 없다. 삼촌은 아무리 좋은 나무라도 주변과 어우러지지 못한다고 생각하면 다른 곳에 옮겨심거나 아예 잘라내 버리곤 했다. 자라난 가지에 팔이 베였다. 짙은 방향에 정신이 혼미했다. 연못으로 향할수록 방향은 점점 진해져 갔다. 생채기마다 송진 같은 피가 흘렀다. 한여름 자동차 안 같은 답답함에 숨이 막혔다. 한발짝 한발짝 뗄 때마다 나무뿌리라도 되는 것처럼 발이 잘 떨어지지 않았다. 연못 주변은 꽃으로 가득 차 있었다. 어렸을 적 삼촌은 그 꽃을 내게 보여준 적이 있다. 붉고 아름다웠다. '삼촌 그 꽃 이름이 뭐예요?' '작약이란다.' 삼촌은 웃으며 말했다. 하얀 리넨 셔츠에 반바지를 입은 삼촌은 소년 같았다. 하얀 두 발이 연못에 잠겨 일렁였다.

"삼촌 그런데 이 꽃, 작약 아니잖아요?"

나는 초체가 삼촌의 무덤에 놓아둔 하얀 작약을 떠올렸다.

"작약이란다."

"거짓말"

 삼촌은 몸을 일으켜 세웠다. 삼촌은 천천히 연못 속으로 천천히 녹아들어 가는 모양이다. 지독한 냄새가 났다. 나는 신발을 벗고 연못에 뛰어들었다. 두 팔을 뻗고 삼촌을 안았을 때는 이미, 아무것도 남아있지 않았다. 초체의 마른 손길이 느껴졌다. 온몸이 차갑고 습했다. 코트를 벗어 의자에 걸쳐놓고 초체를 바라보았다. 초체는 내 등을 다독이다 주방으로 향했다. 진한 계피차 향기에 꿈이 짙어진다. 생생하게 느껴졌던 삼촌의 정원, 삼촌의 숲, 삼촌의 연못, 삼촌의 목소리가 머릿속에서 잊히지 않고 맴돌았다. 내가 아주 어렸을 때 삼촌은 딱 한 번 그 꽃을 보여준 적이 있었다. 아주 오래 잊고 있었는데, 어째서 지금 꿈에 나온 것인지, 그리고 그 꽃의 이름은 무엇인지 도무지 알 수 없었다.

"양귀비 꽃이야."

 초체가 말했다.

"네?"

"약도 만들고.... 관상용으로도 기르고...."

 초체는 가만히 내 어깨를 감싸 안았다. '감상적 쓰레기'니 '약쟁이'니 하는 아버지의 말이 떠올랐다. 말문이 막혀왔다. 한사코 부검을 거부하던 아버지의 모습, 내가 신춘문예 본심에 올랐을 때 아버지가 보인 반응, 더는 시를 쓸 수 없을 것 같다던 삼촌의 모습도 떠올랐다. 심하게 손을 떠는 모습이 애처로웠다. '너는 나보다 좋은 시인이 될 거야.' 이제는 그 말을 믿을 수가 없다.

*

'Close'

'지금 거신 번호는 없는 번호입니다.'

얼마 후 찾은 초체의 카페는 닫혀있었다. 커다란 초록색 문이 낯설었다. 손을 가져다 대자 차디찬 한기가 손목까지 끼쳐왔다. 문을 닫는 일이야 잦았지만, 본능적으로 느낄 수 있었다. 초체는 다시 돌아오지 않을 것이다. 나는 그녀가 무언가를 찾고 있다고 늘 생각했다. 넋이 나간 사람처럼, 초췌한 그녀의 눈을 마주칠 때면 아무것도 하지 않아도 저 밑바닥까지 훑어오는 느낌을 지울 수 없었다. 나를 대신 발견해 주기도 하고 알아주기도 했지만, 그게 초체의 목적은 아니었을 테다. 잃어버린 물건을 찾다가 의외의 물건을 몇 개 발견했을 뿐이다. 나는 초체가 나를 지나서 그 무언가를 찾아 떠났음을 눈치챘다. 내리쬐는 겨울이 지나고 차가운 봄이 오고 있었다. 쌓인 눈이 회색으로 뭉개졌다. 나는 문앞에서 그대로 허물어질 수밖에 없었다.

아무것도 쓰지 않고 아무것도 하지 않았다. 먹지않고 자지 않는 날들이 이어졌다. 어쩌다 눈이 내리고, 어쩌다 비가 내려도 나는 이불 밖을 나오지 않았고 다시 한 번 번데기 라던가 누에고치로 변해버린 것만 같았다. 몸은 자꾸 말라갔다. 가만히 천장 모서리를 응시했다. 이 작은방의 소실점이 내가 닿을 수 있는 마지막이 되지 않을까 하는 두려움에 몸을 떨었다. 아무도 알아주지 않고 아무도 나를 모르는 곳에서 조금씩 무게를 줄이며 사라지는 것이다. 너무 하찮고 무의미해서 눈물조차 나지 않았다.

너무 지쳤다
더 살아갈 기운이 없다
이건 자연사다

몸에서 버섯이 자라나기 시작했다. 버섯은 어깨, 가슴, 배, 다리, 손까지 모든 곳에 번식한다. 뇌도 눈도 손도 움직이지 않게 되어 버렸다. 몸은 여기 있지만, 진짜 나는 이 방의 어딘가에 부유하면서 그 모습을 지켜보고 있다. 오른쪽 눈에서 싹이 터 올랐다. 잎이 자라고 떨어지더니 붉은 꽃을 피운다. 나는 서둘러 눈을 감았다. 베게 옆에 잘린 꽃 하나가 나뒹굴었다. 그런 꿈을 꾸었다.

냉장고를 뒤졌다. 언제 샀는지 모를 눅눅하고 푸르죽죽한 채소들 사이로 통조림 하나가 손에 잡혔다. 힘이 들어가지 않는 손가락으로 통조림을 까고 보니 역한 비린내에 숨을 쉴 수 없었다. 왜 내 주변은 온통 눅눅하고 푸르죽죽하고 비릿한 것으로 가득 차 있나? 내가 잃어버린, 내가 원하고 사랑했던 모든 것은 이제 어디로 다 증발했을까? 오랜만에 창문을 열자 부서지는 소리가 났다. 눈이 부셨다. 문득 삼촌의 정원이 떠올랐다.

다음 날 아침 동서울 터미널에서 춘천행 버스를 탔다. '당신이 더 이상 원하지 않는 사람들, 압박하고 밀치고 당신 뜻에 따르지 않는 사람들을 멈추게 할게요.' 앨리엇 스미스의 가사. 이어폰을 뺐다.

춘천에서 화천 시외버스 정류장까지 1시간을 더 움직였다. 어지러움에 한동안 대합실에서 떠날 수 없었다. 삼촌의 집은 시내버스로 20분을 더 들어가야 했다. 할아버지가 남긴 집은 할머니의 손을 거쳐 삼촌에게 떨어졌다. 아버지는 항상 말했다. 할아버지라면 그런 선택을 하지 않았을 거라고, 쓸모없는 한량에게 재산을 태우지 않았을 거라고, 결국 지켜내지 못할 거라고 했다. 그러니까 내가 받은 것은 뭐랄까, 짐스러웠다.

사방거리를 지나 매실나무 과수원에 닿았다. 이제 막 터오기 시작한 매화에서 진한 향기가 났다. 벚꽃과 닮았지만, 좀 더 고결하고 맑은 느낌의 꽃이었다. 이곳만 지나면 곧 삼촌의 집이다.

커다란 초록색 문이 굳게 닫혀있었다. 차마 초인종을 누를 용기는 나지 않았다. 나는 뒷산과 이어진 담장 아래 개구멍을 기억해 냈다. 어릴 적 정원과 뒷산을 이어주는 비밀통로였다. 그리 높지도 않은 산이건만 한 발짝 디딜 때마다 숨이 차올랐다. 개구멍은 여전히 거기 있었고 나는 머리부터 몸, 다리까지 천천히 몸을 집어넣었다. 어린아이나 들어갈 수 있을법한 크기에도 여유롭게 통과할 수 있었다.

못 보던 장독대가 눈에 띄었다. 더이상 삼촌의 정원은 없었다. 나무는 단 한 그루도 눈에 띄지 않았다. 새 주인이 정원을 정리한 모양이었다. 눈에 익은 바위 몇 개만 아직 그 자리에 있어서 달 표면 같은 황량한 풍경이다. 나는 쓸쓸한 마음을 다잡고 발길을 옮겼다. 삼촌의 연못가 있던 자리 역시 메워져 있었다. 텃밭으로 쓸 모양인지 흙이 골라져 있다. 한때 나에게 우주 같았던 정원이 고작 10평짜리 텃밭이 되다니, 다리에 힘이 풀렸다. 나는 천천히 텃밭 한가운데로 몸을 옮기곤 대자로 누웠다. 내리쬐는 빛, 쿰쿰한 흙냄새에 정신이 아찔하다.

이곳엔 마땅히 작약이 있어야 했다. 양귀비가 아니라. 차라리 텃밭이 나았다. 그토록 공들여 만들어놓은 세계 한가운데 그런 게 있어서는 안 됐다. 나는 이 아래 몸을 숨긴 삼촌이 처음으로 원망스러웠다. 그런 건 자연사가 아니다. 자연사일 수 없다.

DADA

'미친 나무'

다다는 그렇게 말했다. 그녀는 생각하는 것과 느끼는 것 사이에 경계를 두지 않았다. 그것은 언제나 나의 몫이었다. 시간이 부지런히 금을 긋고 있을 때도 다다는 고무줄놀이를 하는 어린아이처럼 그 사이를 유희하곤 했다.

다다를 생각하면 뭉텅 잘려나가는 감각에 사로잡힌다. 잘려나간 자리에 새 가지가 꽂히고 살아남아서 다른 색의 기억을 피워내다가 흩어져 내린다. 나에게 남은 것이 있다면 땅속에 처박힌 굳건한 입이다. 몸속에 나이테 같은 문장을 새기고 미친 꽃을 피우고 싶었다.

*

중간고사 즈음이었다. 나는 내키지 않으면 수업을 빼먹기 다반사였다. 자취방은 어둡고 찌든 냄새가 났다. 누울 자리를 만들려면 쓰레기부터 치워야 했다. 몸에서 쿰쿰한 냄새가 났다. 외롭지는 않았다. 자기 전 바퀴벌레와 눈을 마주쳤다.

원래 그런 성격은 아니었다. 매일 사소한 일에 연연하지 않게 해달라고 기도 하면서도 알람은 매일 아침 6시 41분 23초에 맞추었으며, 초중고 결석은커녕 지각 한 번 해본 적이 없었는데 대학교 1년이야 그렇다 치고, 복학 후 학교생활은 엉망 그 자체였다.

심리학과 친구의 말을 들어보니 이런 걸 '반동 형성'이라고 부른다고 한다. 욕구와 정반대되는 행동이 과장되어 표출된다는 것. 나는 좀 생각이 다른 게, 지금 생각해 보면 이건 일종의 '예기'가 아닐까 싶다. 미리 찾아오는 불안, 감정 뭐 그런 게 아니었을까 싶은 것이다. 그렇지 않고서야….

*

다음 날 아침 목욕탕에 갔다. 몸의 물기를 닦는 동안 전신 거울로 꼼꼼히 살핀 몸은 20대 남자의 몸이라기엔 어폐가 있었다. 처진 뱃살과 마른 팔, 근섬유가 있긴 한지 의심스러운 가슴팍, 이상하게 풍풍한 하체가 전체적으로 부조화를 이루고 있다. 거울 속 마주친 얼굴은 움푹해 보였다. 그곳에 한가득 혐오감을 담고 있다.

입주 후 처음으로 자취방을 청소했다. 담배 선인장을 내다 버리고 대용량 쓰레기봉투에 건초 더미처럼 쌓인 쓰레기들을 잡히는 대로 쑤셔 넣었다. 지저분한 바닥에 압살당한 바퀴벌레가 껌처럼 눌어붙어 있었다. 바닥을 쓸고 매트릭스와 이불을 내놓자 왜 미니멀리스트들이 집안에 물건들을 그렇게 내다 버리는지 조금은 이해할 수 있을 것 같았다.

  그날 이후 자취방은 거의 비어 있었다. 학교에서 운영하는 헬스장(월 3만 원밖에 하지 않았다.)에서 운동을 시작했고 시들시들했던 중간고사를 만회하기 위해 대도서관에 머물며 늦게나마 수업을 따라가려고 애썼다.

*

  한 학기가 끝나고 세부전공을 택하면서 전기나 토목, 전자, 건축을 선택할 수도 있었지만 결국 '비파괴 공학'을 선택했다. 무전기처럼 생긴 장비를 매고 주파를 방사해 건물이나 기계의 고장 난 부분, 금 간 부분을 찾아낼 때면 공들여 감춘 비밀을 꿰뚫어 본 것 같은 희열을 느끼곤 했다. 어떤 전공을 선택하느냐에 따라서 세상 보는 눈이 달라진다는데, 나는 이걸 사람한테 쏘면 어떻게 될까 종종 상상해 보곤 했다.(특히 반동형성 어쩌구 했던 그 친구에게 쏴보고 싶었다.)

  그렇게 한 학기가 끝나고 구멍 난 학점을 메우기 위해 계절학기를 들었다. 교양필수와 개인적인 흥미로 신청한 서양 미술사, 나는 거기서 다다를 만났다.

  코끼리 다리와 마주쳤다. 과실을 향하던 중이었다. 기둥이 있어야 할 자리에 거대한 코끼리 다리가 보였다. 나는 하나뿐인 코끼리 다리를 보면서 불안감에 사로잡혔다. '만들려면 네 개를 다 만들어야지….' 구조적으로 아름답지 못했다.

엘리베이터 앞에는 흐릿하게 찍힌 CCTV 사진과 함께 범인을 찾는다는 대자보가 붙어있었다. 기둥에 붙어 작업에 몰두하는 사진과 더블백을 맨 채 유유히 빠져나가는 그녀의 뒷모습이 찍혀있다. 마스크를 썼지만, 넓게 파인 라운드 티며 가느다란 체형까지 한눈에 알아볼 수 있었다.

나는 학과 사무실로 찾아가 범인의 신상을 고했다. 서양미술사 자기소개 시간 그녀는 자신을 '다다'라고 불러달라고 했다. '변기도, 자전거 안장도 이름만 붙이면 예술품이 되던 게 벌써 한 세기 전인데, 현대를 살아가는 인간이 자기 스스로 자기 이름을 붙이지 않는다는 건 문제가 있다고 생각해요.' 그렇게 말하는 다다의 표정은 진지했다.

"너지?"

감이 좋은 편이었다. 당황해 우물쭈물하는 사이 다다는 내 멱살을 잡고 강의실 밖으로 끌고 나갔다. 서양미술사 강의였다. 얼굴이 빨갰다. 역한 술 냄새가 났다. 나는 몸을 빼려 애쓰며 대꾸했지만, 결정적인 순간에 그녀의 눈을 피하고 말았다.

"너 말고 공대생이 또 있어 여기?"

어찌할 줄 모르는 사이 다다의 몸이 내 쪽으로 포개졌다. 불쾌감, 부끄러움 같은 감정들이 솟아올라 아무것도 할 수 없었다. 다다가 한걸음 떼는 순간, 나의 가슴팍에서 흘러내리는 토사물이 김을 내고 있었다. 새로 산 티셔츠였다.

"아...."

다다는 뒤돌아 머리를 쓸어 올리고는 나를 위아래로 훑어보더니 발길을 돌렸다. 휘청이는 모습이 영 불안했다.

다음 주 수업 다다는 내 옆에 앉았다. '그날은 미안했다.'라고 말했지만, 전혀 미안한 기색이 아니었고 깔깔깔 웃어 보였다. 어이가 없었다. 수업이 끝나고 도서관 자판기에서 캔커피를 뽑았다. 캔이 떨어지는데 뒤에서 손이 뻗어왔다. 다다는 내 캔커피를 쥐고 담배 한 개비를 건넸다.

"대신 이거 줄게"

나는 다다를 흘겨본 후 음료수 한 캔을 더 뽑고 담배를 꺼내 물었다.

"그거 알아? 그 건물 설계한 사람이 너희 교수더라. 사진 찍어서 메일 보내줬지, 좋아하던데?"

다다는 호탕하게 웃어 보였다. 대머리 교수가 그런 취향이 있는 줄은 몰랐는데,

"너 종강 뒤풀이 때 올 거지?"

다다의 표정이 밝다.

*

"일어났어?"

다다는 태연스럽게 말했다.

한없이 불안하게 떨리는 내 표정을 즐기는 것도 같았다. 창문으로 쏟아지는 햇살, 화장품 냄새가 났다. 여자 기숙사였다. 남학생이 이곳에 들어왔다가는 무슨 징계를 받을지 몰랐다. 종강 뒤풀이로 마신 술이 문제였다.

"화장은 내가 해놨어. 고마워할 필요는 없어."

다다의 손거울 안에는 화장한 내 얼굴이 비쳐 보였다. 가리킨 곳에는 긴 머리 가발과 신발이 놓여있었다. 내 티셔츠는 허리가 잡힌 비대칭에 청바지는 청치마로 군데군데 불규칙한 패턴이 그려져 있었다. 숙취에 어지럼증이 올라왔다.

"어때?"

"미쳤어?"

나는 황급히 몸을 웅크렸다.

"아 더 뭐라 그르면 소리 지를 거야? 업혀온 주제에, 나갈 때 걸리지 말라고 변장까지 준비해 놨더니…."

다다의 표정이 진지하다.

듣고 보니 따로 반박할 말이 없었기에 주섬주섬 옷을 주워 입고 펌프스에 발을 올렸다. 굽이 꽤 높았다. 발이 작은 편이 아니었는데 이런 건 또 어떻게 구했는지 의아스러웠다.

"이쁘다."

다다의 표정에 만족스러움이 차올랐다. 기숙사를 탈출한 나는 한동안 술을 끊었다. 그리고 한 가지 더 느낀 게 있다면, 굽 높은 신발은 상당히, 매우 불편하다는 것이다.

*

2학기 중간고사 과제는 비파괴 장비로 공과 건물을 안전진단 하는 것이었다. 나는 대도서관에서 버니어 캘리퍼와 줄자, 색연필, 4색 펜 건물 설계도를 두고 균열이 생길만한 장소를 물색하기 시작했다.

1998년 지어진 건물은 괴물이었다. 당시 도입된 기준을 훨씬 상회하는 내진설계로 H빔 골자에 두께가 80cm에 달하는 콘크리트가 타설 된 4층 건물이었다. 강도는 70메가파스칼, 35층짜리 아피트 1층 콘크리트의 강도의 두 배였다. 콘크리트는 두께가 80cm가 넘어가면 굳으면서 내부에서 발생하는 열 때문에 균열이 생기는데, 이를 방지하기 위한 처리까지 해놓았다. 교수는 벙커를 만들고 싶었을까? 혹시나 싶어 기둥과 보의 연결부를 유심히 살펴보았지만, 실금조차 보이지 않았다.

고민 끝에 발견한 것은 2006년 증축한 4층의 옥탑 건물, 전공이 늘어나면서 창고로 쓰던 것을 서둘러 증축해 올린 건물이다. 시기는 비교적 최근이었지만, 그 설계나 재료에서 조악함이 느껴졌다. 적은 비용으로 외주를 맡긴 모양이었다. 예상은 빗나가지 않았고 창고 건물은 전면 콘크리트에 깊고 큰 균열을 안고 있었다.

그 무렵 나는 다다가 그림을 그리는 모습을 본 적이 있다. 기숙사 뒤의 폐건물은 다다의 아지트였다. 벽돌들 사이로 배관이며 골재가 그대로 드러나 보였다. 다다는 그곳을 아틀리에라고 불렀다.

나는 크레파스로 그린 다다의 낙서를 구경했다. 컬러풀하고 유치하다. 폐건물 한가운데는 캔버스와 이젤이 놓여있다. 다다는 앞치마를 입고 붓을 들었다.

"아, 오늘은 너무 많이 그렸다."

30분쯤 그렸을까? 다다는 유화물감이 뭉개진 팔레트를 작업대에 던져놓고 말했다. 물감을 칠한다기보다 '처바른다'는 표현이 옳았다. 나이프로 물감을 푹 떠서 바르기도 했다.

"너무 대충 그리는 거 아니야?"

나는 도통 형태를 알아볼 수 없는 그림을 바라보며 말했다.

"나 그림 그리는 거 원래 싫어해"

"좀 심한 거 같은데…."

"뭐래?" 창밖으로 꽁초를 튕긴다.

다다는 이런 식이었다. 나는 도통 이해할 수 없는 세계의 사람, 마주치는 사람마다 주파수를 쏘고 다니면서 느낀 것은 어떤 사람이건 '균열'이라고 할 만한 단점, 비밀 혹은 상처를 안고 있었다는 점이었다. 하지만 다다는 내 주파수 대역 에서는 도저히, 어떤 균열도 포착할 수 없었다.

붓으로 몇 번 처바른 듯한 그림은 2~3일 후엔 어떤 형태를 가지고 완성되어 있었다. 그림은 어떤 빛들의 조합 같았다. 선명한 초록색, 빨간색, 노란색, 온갖 원색이 어우러진 그림이었다. 멀리서 보면 민화를 연상시키는 어떤 형태를 띠었지만, 가까이서 보면 형태가 없는 완전한 추상화였다. 다다는 멍하니 그림을 보고 있는 나에게 다가와 말했다.

"너 오늘 할 거 없지? 저녁에 과제나 도와주라"

"싫어"

*

오후 아홉 시 아틀리에 앞,

"자 받아"

다다는 더블백을 건넸다. 코끼리 다리를 만들 때 매고 있던 물건이다.

"이게 뭐야?"

"털실 8만 원어치"

"응?"

"그냥 따라오기나 해"

다다는 내 팔을 잡아당겼다.

우리가 도착한 곳은 미대 건물 앞이었다. 통유리로 외벽을 덮은 세련된 건물이다. 다다의 가방 안에는 빨강, 파랑, 노랑 같은 원색의 털실 뭉치들이 가득했다. 다다는 실 뭉치 하나를 풀어 층계 손잡이에 묶고는 나에게도 붉은 실 뭉치 하나를 건넸다.

"내가 하는 대로 해"

다다는 층계를 냅다 뛰어오르기 시작했다. 실이 빠른 속도로 풀려나갔다.

나는 다다가 묶어놓은 청실 아래쪽에 붉은 실을 엮고 달렸다. 놀이터에 온 아이들처럼 한참을 달리고 보니 층계부터 강의실까지 온통 무지개처럼 걸린 실 들로 눈이 아플 지경이었다. 다다는 땀에 젖어 숨을 몰아쉬었다.

"이거…. 과제 이름이 뭐야?"

"요즘 내 기분을 자유롭게 표현하시오"

다다의 진지한 표정에 웃음이 났다.

자취방에 돌아가는 길, 두리번거리며 걷는 버릇이 바보 같다는 다다의 말에 한 곳에 시선을 두고 걸어 보았다. 멀찍이 선 가로수였다. 가로수에 닿은 나는 가만히 손을 뻗어보았다. 가로등 빛에 손가락으로부터 한 다발의 손가락이 접목하듯 돋아났다. 가지마다 온통 무지개 같은 실이 걸리고 흔들릴 때마다 어떤, 소리를 내곤 했다. 애잔하면서도 가냘프고, 한편으로는 불안한 소리였다.

2학기가 끝나고 우리는 제법 좋은 성적을 받을 수 있었다. 나는 방학 동안 아르바이트를 하면서 다다의 아지트를 손봤다. 조교인 선배에게 건물 설계도를 넘겨받을 수 있었다. 오래되긴 했지만, 제대로 지어진 건물이었다. 나는 깨진 창문마다 방풍비닐을 덧대고 콘크리트가 갈라진 곳에는 실리콘 주사기를 꽂았다. 공장 형태의 구 공과건물은 커다란 장비를 품고 있었는지 고정을 위한 타공이며 배관, 철편이 많았다. 선배의 도움으로 죽은 리프트까지 되살릴 수 있었다.

"근데 네 친구 진짜 미술과 맞아?"

다다의 그림을 본 선배의 반응이다.

단발을 고수하던 다다는 방학 동안 머리를 길렀다. 머리핀을 찔러 넣은 모습이 꽤 산뜻하다. 다다는 미디어 아트센터에서 아르바이트한 이야기를 들려주었다. 행위예술가를 자처하는 한 유튜버가 바이올린을 들고 와서는 작품을 깨부쉈다는 이야기였다. 직원들에게 끌려가면서도 바이올린을 켜던 모습이 잊히지 않는다고 했다. '짜릿했다'나?

"내가 좀 이상한 걸까?" 무심코 '어'라고 할 뻔했다.

다다가 화장실에 간 사이 나는 테이블에 놓인 노트를 살짝 훔쳐봤다. 사물, 동물, 사람 등등 다양한 스케치가 빽빽하게 들어차 있었다. 아지트에서 보았던 유치한 그림과는 다른, 사실적이고 정교한 스케치였다. H라인 스커트에 재킷을 걸친 인물 크로키에서 선명하게 내 얼굴이 보였다. 다음은 리폼한 청치마를 입은 나였다. 부끄러움에 스케치북을 덮었다.

며칠 뒤 아지트를 찾아갔을 때 다다는 여전히 커다란 캔버스에 유화물감을 바르고 있었다. 뒤로 묶은 머리에 목선이 드러나 보인다. 아지트는 선배가 만져준 리프트 덕택에 2층까지 그림을 걸 수 있어서 제법 아틀리에 같은 분위기를 자아냈다.

"그림을 왜 그렇게 그려? 스케치는 잘하던데"

"오늘도 너무 많이 그렸다." 다다는 나를 한번 쳐다보더니 붓을 작업대에 올려놓고 창가로 다가가 담배에 불을 붙였다.

"입체파니 야수파니 하는 거, 다 조롱하는 말이었어. 처음엔 야수가 처발라놓고 간 거 같다. 그림을 다 조각 내놓은 것 같다. 그게 이름이 된 거야. 벤틀리라고 알아?"

나는 고개를 가로저었다.

"평생 눈꽃 사진만 찍었어. 그리다 지쳐서 찍은 거지, 사람들은 벤틀리를 병신 취급했어"

다다는 연기를 뿜고 말을 이었다.

"벤틀리는 5,000개가 넘는 눈꽃을 찍었어. 그리곤 눈꽃의 벤틀리라고 불렸어. 병신이 아니라, 난 그런 사람이 되고 싶어."

다다는 창밖으로 꽁초를 튕기고는 돌아서서 내게 입을 맞추었다. 아지트에 걸린 '요즘 내 기분'이 바람에 흔들렸다.

*

"왜? 또 뽀뽀해 줄까?"

내 고백에 다다는 말했다. 어색해지는 일은 없었다. 우리는 봄날의 교정을 같이 거닐었고 함께 담배를 피워댔다. 내 고백은 다다의 놀림감이 되어 자주 내 속을 뒤집어 놓았다. '넌 내가 생각보다 인기가 많다는 걸 알아야 해'부터 '너랑 나랑 대칭이 된다고 생각해?' 같은 말들을 장난기 어린 표정으로 내뱉곤 했던 것이다.

"미친 나무다."

다다가 가리킨 곳에는 어른 키만 한 철쭉이 흰 꽃과 자주색 꽃을 함께 피워 놓았다. 그녀는 하얀 손으로 한 송이씩 철쭉을 꺾어 귀에 꽂았다. 그 모습이 사랑스러워서 나는 한동안 넋을 놓고 바라보았다.

"그만해 미친애 같아."

나는 다다의 눈을 피하며 말했다.

날이 더웠다. 우리는 근처 매점에 들러 아이스크림을 사 입에 물었다. 다다는 아이스크림을 좋아했다. 다다의 얼굴은, 어쩌면 아이스크림을 먹을 때 제 모습을 드러내는지도 몰랐다. 담배를 피우거나 그림을 그릴 때와도 달랐다.

철쭉이 지고 녹음이 짙어질 무렵 나는 망구비어에서 그녀에게 두 번째로 고백했다. 귀걸이와 손 편지까지 준비했다. 다다는 테이블에 놓인 편지와 귀걸이를 보더니 심각한 표정을 지어 보였다.

"왜…. 나도 비파괴 검사하려고?"

나는 예상치 못한 다다의 반응에 말을 더듬었다. 다다와 가까워질수록 그녀는 모호해 졌다. 다다는 어느덧 그림이 되어있었다. 멀리서 보면 형태가 보이지만, 가까이 볼수록 알 수 없는, 늘어진 대화가 끊기고 술병만 늘어갔다. 취기가 올랐다. 다다의 얼굴이 빨갰다. 들어가자고 하려는 참에 다다의 손이 내 손을 잡았다.

"니가 여자였으면…."

잔뜩 취한 모양이었다. 나는 다다를 부축해 일어났다. 절반쯤 몸을 일으켰을 때 다다는 문득 망구비어 한가운데로 걸어가더니 춤을 추기 시작했다. 입에는 담배가 물려있다. 긴 머리카락이 마구 흔들렸다. 표정을 감추려는 것처럼, 보이기도 했다. 미친 나무였다.

무더운 여름이었다. 우리는 누가 먼저랄 것도 없이 서로를 피해 다녔다. 나도 그게 옳다고 생각했지만, 텅 빈 마음은 좀처럼 채워지지 않았다. 장마가 시작되고 전공과목 시간조차 창문을 보는 시간이 늘었다. 빗소리가 특수한 주파수로 금 간 곳을 드러내 보이는 듯했다. 다다는, 다다는 실금조차 가지 않았을 테다. 우리는 대칭이 될 수 없는 관계이고 비대칭 사이에서는 균열이 발생하기 쉬웠다. 나는 마침내 다다를 잊기로 다짐했다. 빗소리가 점점 더 깊이 파고들었다.

*

"야 놀이동산 가자"

한 달 만에 다다에게서 온 연락이다. 나는 다다의 제안을 뿌리치지 못했다.

어린이 대공원을 찾은 우리는 아이스크림을 물고 있었다. 아이스크림을 문 다다는 정말인지 놀러 다니기에 여념이 없었다. 동물원에서는 작은 스케치북을 꺼내 빠르게 크로키를 하기도 했다. 담배 피울 때와 닮은 표정이 언 듯 보였다. 나는 늘어지게 뻗은 사자를 맥 풀린 눈으로 바라보았다. 그때 다다의 팔이 내 팔을 감아왔다. 포근한 향기가 났다. 더운 날씨에도 불쾌하지 않았다. 다다의 표정은 한없이 밝았다. '고백을 받아주려고 하나?'하는 희망도 조금씩 솟아올랐다.

돌아온 우리는 닭갈비에 막걸리를 해치우고 망구비어로 향했다. 나는 믹스너트를 집어먹으며 맥주를 기다렸다. 휴대폰을 향해 내리깐 다다의 눈이 속눈썹에 가렸다. 문득 다다의 콧날과 턱선이 두드러졌다. 평소 털털한 모습과는 달라 영 익숙지 않았다.

"오늘 너 집에서 자고 가야겠다."

맥주를 마시던 다다가 말했다.

"취했냐?"

당황해서 목소리가 떨렸다.

"너도 내 기숙사에서 잔 적 있잖아?"
다다는 카시오 전자시계를 힐끗 바라보았다.
"통금도 지났어, 기숙사."

*

"생각보다 깔끔하네."
 자취방에 들어온 다다의 첫마디, 자취방을 찾아온 이성은 다다가 처음이었다. 우리는 나란히 누워 천장을 보고 있었다. 다다는 내가 준 반팔과 잠옷 바지를 받아 입었다. 잠이 올 리 없었다. 나는 페인처럼 살다가 겨우 사람처럼 살게 된 이야기를 해주었다. 바퀴벌레를 보고 '내가 저것보다 나은 게 뭘까'라고 생각했다는 말에 질색하면서도 웃는다. 다다는 이번 학기를 끝으로 졸업이라 했다.
"봐봐"
 다다는 휴대폰으로 동영상을 재생시켰다. 롤러코스터 위였다. 기대하는 표정도 잠시 롤러코스터가 움직이자 긴장한 표정이 역력했다. 다다가 비명을 지르는 모습에 웃음이 터져 나왔다. 도착했을 때는 다다의 안도하는 모습에 살짝 눈물이 비쳐 보이기도 했다.

"과제야, 자화상. 형식은 자유."

그 짧은 영상에 다다의 모든 표정이 담겨있는 것 같았다. 과제를 도와준 셈이었다. 그녀다운 자화상이다. 대화는 끊임없이 이어졌다. 비가 내리기 시작했다.

"난 먹을 때가 제일 좋아, 넌 뭐 할 때 제일 행복해?"

"나?"

잠시 눈을 깜빡이고는 다다 쪽으로 몸을 돌려 누웠다. 빗소리가 점점 거세지고 있었다. 백색소음이 방 안을 가득 채우는 듯했다. 손을 겹치고 입을 맞추자 빗소리가 들려오지 않았다. 어떤 표정과 소리도 자화상에 담기지 못할 터였다. 나는 온전히 하나가 된 것 같은 감정에 취해 몸을 움직였다. 다다의 체온은 애틋했다. 키스를 끝내고 가볍게 입을 맞추었다. 다다는 살짝 웃어 보였다. 상체를 숙여 목에 키스를 하고 가슴에 손을 올렸다. 소리가 났다.

"그만해"

손이 내려가자 다다는 움직임이 멈추었다. 나는 그녀를 올려다보았다. 어두워서 표정을 잘 가늠할 수 없었다. 목소리가 차가웠다. 나는 바로 누워 천장을 바라보았다. 다다는 내게 등을 돌리고 눕는다. 등이 떨리고 웃는 것 같기도 하고 우는 것 같기도 한 소리가 들렸다. 나는 다다 쪽으로 몸을 돌려 눕고는 손을 뻗어 그녀의 등을 쓸었다.

"비에서 토마토 냄새가 나"

새벽에 가까운 시간이었다. 방안에 붉은빛이 도는 것 같기도 했다. 다시금 빗소리가 차오르기 시작했다. 나와 다다는 다시 짧은 이야기를 주고받았다. 취기가 오르고 졸음이 쏟아졌다. 잠이 쏟아졌다.

다음 날 아침 나는 다다를 기숙사로 바래다주었다. 편의점에서 아이스크림을 사 입에 물고 평소처럼 대화를 주고받았다. 밤새 쏟아진 비 때문에 교정은 한층 짙어 보였다. 기숙사 앞에서 손을 흔드는 다다의 표정은 밝았다.

기말고사가 끝나갈 무렵 여름은 정점에 다다르고 있었다. 나는 무너져 내리고 있었다. 자취방에는 맥주 캔이 알루미늄 광산을 차려도 좋을 만큼 굴러다니고 있었고 일 년간 공들여 운동한 몸은 한 달만 에 쳐지기 시작했다. 다다와 함께 하면서 느꼈던 새로운 감정들이 도리어 나를 어쩔 수 없게 만드는 독으로 치환된 듯했다. 아무것도 할 수 없었고, 아무것도 느낄 수 없었다. 몇 번인가 아이스크림을 사 들고 아틀리에를 찾아갔지만, 다다의 모습은 보이지 않았다.

*

　방학을 앞두고 다다의 아틀리에를 찾은 날 미술과 건물에 거미줄처럼 걸렸던 '요즘 내 기분'이 흔들리고 있었다. 장마가 지나가면서 크레파스로 그린 작품들이 번져 보였다. 유화도 물감 덩어리가 떨어져 나간 몇 개의 작품이 눈에 띄었다. 어쩐지 우울한 기분에 사로잡혔다. 다다의 이젤은 건물 한가운데 덩그러니 놓여있었다. 살펴보니 평소와 다른 점이 눈에 띄었다. 갈색 갱지에 싸인 직사각형의 물체가 눈에 들어왔다. 옆에는 다다의 더블백이 놓여있다. 나는 이젤에 아이스크림 봉지를 걸어두고 조심스럽게 그림의 포장을 뜯었다.

　그것은 그동안 봐온 다다의 그림과 달랐다. 짙은 갈색 배경에 살색과 검은색이 거칠게 섞여 보였다. 군데군데 붉은색과 녹색이 실선으로 강세를 주고 있다. 나는 다다의 크로키에서 그 인물을 본 적이 있다. 두 여자는 몸을 겹치고 서로를 애무하고 있다. 두 사람의 표정은 반이 명암에 가려있었지만, 그 초록색 명암으로 말미암아 더 선명해 보였다. 다다의 자화상이 담지 못한 표정이었다. 나를 닮은 여자는 등허리에 단검을 감추고 있다. 갱지 안에는 그림 말고도 한 장의 편지가 들어있었다. 나는 더블백을 매고 그림을 안은 채 다다의 아틀리에를 빠져나왔다.

선배는 나를 위로한다 치고 코인 노래방이며 클럽이며 여기저기 끌고 다녔다. 그때마다 나는 술만 연거푸 들이켤 뿐이었다. 다다의 얼굴이 잘 생각나지 않았다. 죄책감과 자괴감이 몰려왔다. 내가 소주 한 병을 더 시키자 선배는 그만 마시라며 손사래를 쳤다. 믹스너트를 씹는데 눈물이 났다. 선배는 그런 나를 가만히 바라보더니 입을 열었다.

"너 비파괴검사로 아무 문제가 없는데 무너지는 건물이 있는 거 아냐? 어느 날 갑자기 무너지는 거야."

"무슨 말이 하고 싶은 거예요?"

"니 취했다, 일어나자"

나는 선배의 부축을 뿌리치고 자리에서 일어났다. 가까스로 균형을 잡을 수 있었다. 혼자 갈 수 있겠냐고 묻는 선배의 말에 손을 흔들어 보였다. 집으로 가는 길은 멀었다.

자취 방 앞, 가로등 불이 붉었다. 밤공기가 무겁게 가라앉았다. 나는 씁쓸한 표정으로 두 번째 담배를 꺼내 물고 그녀가 건넨 편지를 꺼내 만지작거렸다. 담배를 땅에 꽂고 비비 밟자 여린 불꽃이 파지직 일었다. 나는 힘없이 쭈그려 앉아 양손으로 얼굴을 감쌌다. 딱히 할 수 있는 것은 없었다.

다다의 더블백에는 붉은색 일기장 하나와 스케치북 20권, 화구통에 담긴 그간의 작품들이 있었다. '너에게 너와 만나기 전의, 나를 선물할게' 일기장 첫 페이지는 이렇게 시작했다. 일기장에는 그림에 대한 치열한 고민이 빽빽한 글씨로 들어차 있었다. 스케치북은 지난 4년간 다다가 그린 그림들로 가득했다. 화구통 안의 작품은 사진이라고 불러도 좋을 만큼 리얼했다. 비로소 다다가 품고 있었던 균열이 무엇인지 알 것 같았다.

아틀리에에 크레파스를 칠하던 날 다다의 일기였다. 공대건물 기둥 하나를 코끼리 다리로 만들던 날도 비슷한 내용의 일기가 쓰여 있었다. 한계에 직면한 사람의 절박함이 느껴졌다. '요즘 내 기분'을 설치하던 날 다다는 비로소 아이가 될 수 있었다고 쓰고 있다. 이후의 기록은 대부분 나에 대한 것이었다. 나에 대한 애정부터 작품에 받는 영감, 그리고 죄책감까지 솔직하게 쓰여 있었다.

담배를 끊었다. 대칭에 집착하는 버릇도 버렸다. 더는 균열에 주파수를 방사하는 일이 즐겁지 않았다. 선배는 교수님께 나를 추천해 다달이 연구비를 받고 조교처럼 활동할 수 있게 도와주었다. 건축공학 계열로 초음파탐상. 자분탐상. 탄성파시험. 방사능 시험 등등 적용할만한 기술이 많았다. 다시 운동을 시작하고 대도서관에서 머무는 시간이 늘었다. 그렇다고 감정이 사라지는 일은 없었다. 러닝머신 위에서도 뜬금없이 눈물이 나곤 했다. 처음에는 다다를 따라 그림을 그려보기도 했다. 영 재능이 없기에 그만두었지만, 스스로 무언가 만들어보고 싶다는 생각은 여전했다.

내가 마지막으로 다다를 본 건 반년 후 인천공항 라운지에서

다. 다다는 호주의 예술가 커뮤니티에 들어가 작업을 하기로 했다고 연락해왔다. 오랜만에 본 다다는 더 마르고 어두워 보였다. 감추어진 균열이 드러나 보이는 것 같기도 했다.

"니가 가지 말라면, 가지 않을게."

다다는 살짝 떨리는 목소리로 말했다. 나는 잠시 아래를 바라보다 대답했다.

"너 왜 건축할 때 나무랑 콘크리트랑 안 섞는 줄 아니?"

다다는 고개를 가로저었다.

"강도는 문제가 아니야, 팽창계수가 달라서, 온도에 따라 달라지는 부피가 다르거든? 잘 서 있다 싶다가도 얼마 못 가서 갈라지고 무너져 내려 그런 건, 그게 나무 잘못이니? 콘크리트 잘못이니?"

다다는 잠시 생각하다 웃어 보였다. 나는 게이트를 향하는 다다에게 손을 흔들었다. 그날 밤 뒤늦게 폭설이 내렸다.

*

'미친 나무'

나는 프로젝트의 이름을 그렇게 불렀다. 목재는 품종, 습도,

건조 상태, 병해 유무 등등 고려사항이 많은 데다 현행법상 도심지 목재 건축은 불법이기 때문에 시골 주택에나 알맞은 재료였다. 선배님, 심지어 교수님도 만류한 이유다. 하지만 '미친 나무'가 상용화된다면 이론상 10층에 달하는 고층건물을 목재로 지을 수 있게 된다.

 법이 기술을 따라가지 못했을 뿐이다. 그동안 외국의 사례를 수집하고 그동안 배운 이론과 국내 기술, 상용화 가능성까지 공들여 조사했다. 시제품까지 만들어가며 졸업논문에 몰두한 내가 내린 결론은 이랬다. '충분히 상용화할 수 있다'

 졸업을 앞두고 마지막으로 뒷산에 올랐다. 캠퍼스는 대도서관을 중심으로 좌측에는 그리스풍의 인문대 건물, 우측에는 유리로 외장을 덮은 미대, 체대 건물, 그리고 언덕 위에 자리한 투박한 공과대 건물이 있었다.(창고 건물은 철거되었다.) 그리고, 다다의 아틀리에가 있던 자리에 '네오 르네상스관'이라는 새 건물이 지어지고 있었다. 서양미술사 시간에 배운 바로는 그리스건축의 코린트 양식을 차용한듯했다. 다다라면, 저 기둥 사이에 코끼리 다리 하나쯤 넣지 않았을까? 웃음이 났다. 얼굴에 빗방울 하나가 떨어졌다. 비가 쏟아지기 시작했다.

 언젠가 너는 꿈에 대해서 말한 적이 있었다. 다다의 언어는 그때그때 날씨나 습도에 영향을 받았다. 나는 갖고 싶어 그림을 무한히 그려내 만든 온전한 그림을, 그런 건, 이미 그림이 아니지 않을까? 나는 싸늘한 반응이었지만, 다다는 개의치 않았다. 그런 건 관념에나 줘버려, 무더운 여름이었다. 미로 속에 갇히는 꿈이라도 꾼 걸까, 무너진 것은 벽? 나는 차마 생각해 내지는 못하고 다짐했다. 다다의 방식이었다.

우린 아방가르드야, 내 생각도 그래. 나는 나무를 심어 선물할 거야. 괜찮겠니? 대답은 들려오지 않았다. 다만, 사방에서 토마토 냄새가 진동할 뿐이었다.

상담가와 방

내 직업은 상담가다. 대학에서 심리학을 전공했던 것이 맞물려 어렵사리 잡은 직장이다. 담당은 가정이나 학교와 연계된 곳이며 10대가 주요 고객층인데, 이들은 멜로디 인형처럼 항상 같은 말을 되풀이해 댔다. 가정불화로 인한 방황이라던가 왕따 문제, 진로 및 성적문제, 이성 문제 등등을 수도 없이 상담했다. 심지어 '패턴별로 답변을 제시한 테이프를 만들어 틀면 편하지' 하는 생각이 들 정도였으니, 가장 큰 문제는 이 일이 내 적성에 맞지 않았던 것이다.

처음부터 의욕이 없지는 않았다. 내게 상담받은 학생들과 사적인 연락을 취하기도 하고. 여차하면 금전적인 도움을 주기도 했다. 집에 가기 싫다는 학생과 내 집에서 함께 살았던 적도 있다. 하지만 그것도 잠시, 결국은 이 일이라는 게 사람을 A, B, C, D, 같은 유형으로 분류해서 '넌 이거니까 이렇게 해야 해. 넌 저거니까 저렇게 해야지.' 하는 정도의 선에서 완벽하게 수행되었으니, 그 이상의 감정을 담는다거나 하는 것은 객관적으로 볼 때 공허한 에너지의 낭비였다. 나는 곧 사람을 사람 자체로 보기보다도 A 유형의 사람, B 유형의 사람과 같은 분류 대상, 간단히 말해 일거리로 보는 것에 익숙해졌다.

직업의식이 없다고 꼬집는다면 할 말이 없지만 서도, 대부분이 그랬다. 청년 취업난이다 경기침체 다 하는 판에 '꿈'이니 '적성'이니 하는 것은 사실상 사치였고 '스펙'만이 거의 유일한 경쟁력인데, 조금이라도 괜찮은 직장이라 하면 닥치는 대로 원서를 내놓고 볼 일이어서, 막상 직장을 얻기라도 하면 대다수가 프로의식이나 열정과는 멀어지고 마는 것이다. 그 때문인지 학생 따위는 안중에도 없고 성적 내기에만 열을 올리는 B급 선생이나, 회사의 기술과 관련한 기밀을 중국에 팔아넘기는 B급 회사원, 권력이나 탐닉하고 부정부패나 저지를 줄 아는 B급 정치가 등등 널린 것이 B급 인간들이었으니 B급 상담가 한 명쯤 있다고 해서 이상할 것도 없었다.

그러던 어느 날 상담소에 예정에 없던 손님이 한 명 찾아왔다. 기관이나 학교에 의해 인계되어온 내담자가 대부분인 이곳에서 자발적으로 누군가 찾아오는 일은 흔치 않았으므로 '어떤 고민을 가진, 어떤 사람일까?' 하는 호기심이 들었지만. 문을 열고 들어오는 자그만 몸집의 여학생을 보는 순간 반사적으로 분류대상, 일감과 같은 권태 섞인 의무감만이 들 뿐이었다.

"안녕하세요?"

멀뚱히 서서 이곳저곳을 둘러보던 그 아이의 첫마디. 10대 특유의 어린 목소리다. 고등학교 2학년이라는 아이는 하얀 얼굴에 까만 뿔테 안경을 쓰고 들어왔다. 평범한 교복차림이 문제를 일으키고 다니는 학생 같지는 않았다.

나는 기계적으로 움직였다. 인사를 건네고, 차를 권하고, 긴장을 풀기 위한 가벼운 잡담 등등을 진찰접수처럼 마무리하고 본격적인 상담을 시작했다.

방어적인 태도의 아이는 고민의 핵심과 구체적인 상황, 직접

적인 표현을 회피한 채 빙글빙글 맴돌았다. 짜증이 꾸역꾸역 솟아올랐다. 아무래도 고민의 방점은 짝사랑, 연애문제에 찍혀 있는 것 같았다. 그 애의 말들은 방점으로부터 받침 각이 서서히 늘어나는 컴퍼스를 연상시켰다. '그 애를 보면 내가 이상해지는 것 같다.'부터 시작해서 아무런 부연 없이 자신의 감정이 어떤지만을 쏟아냈으므로 들으면 들을수록 회오리 속으로 빨려드는 느낌이 들었다. '용기를 내고 싶은데 두렵다.' '그 애와는 눈을 똑바로 마주칠 수가 없다.' '감정을 어떻게 조절해야 할지 모르겠다.' 그 애의 말이다.

내 질문은 곧잘 무시하고 제 말만 하는 녀석에게 '그래 네 맘대로 해봐라.' 하는 심정으로 묵묵히 듣고만 있었다. 아무런 연결고리도, 상담을 위한 충분한 여지도 주지 않으면서 쉼 없이 30분을 토로하는 괴력이 그 작은 몸 어느 구석에 붙어 있을까 하는 의문이 들었다.

삼십 분이 지났을 때 그 아이의 말은 '툭.' 끊겼다. 아무리 질풍노도의 아이라지만 정말로 폭풍 후에 적막 같은 것이 상담실에 맴돌았다. 내가 '어.. 흠 그래.'하고 말을 시작하려는 순간, 아이는 싱긋 한번 웃더니 뜬금없이 '방이 참 좋네요.'하고 말했다. 그런 미소라니. 아니, 그나저나 정말 알 수 없는 녀석이었다. 할 말을 잃게할 정도로.

내가 방에 신경을 많이 쓴 것은 사실이다. 내담자로 하여금 편안한 분위기를 제공해야 한다는 의무감에 월급날마다 그림이며 인테리어 소품을 사다 놓았다. 하얗게 도색한 멋대가리 없는 책꽂이는 윤기 흐르는 짙은 갈색 장미목 책꽂이로 교체했다. 특히 나와 내담자가 마주하는 책상은 지금은 그 희귀성으로 벌목이 금지된, 그중에서도 무늬가 아름다운 상품 마호가니로 만들어졌다. 우아한 백조를 연상시키는 할로우 바디 기타도 빼놓을 수 없는 자랑거리다. 하지만 지금 그런 걸 알아봐줘 봤자 어쩌란 말인가? 이것들의 목적은 내담자의 부담을 덜기 위한 것이지, 내담자의 시선을 끌어 '방이 참 좋네요.' 같은 말을 듣기 위해 있는 것이 아니었다.

'대충 구워삶아 보내자.'라는 결론에 이른 나는 간단한 심리 검사라며 테스트지를 건넨 후 막연하게 '결과가 어떻든 우선 용기를 내보는 게 어떻겠니? 내가 뒤에서 응원해 줄게.' 같은 뻔하고 진심 없는 말을 반복했다.

그것은 우울 78 짜증 74 불안 86 종합 T점수가 평균 79점으로 전국기준 0.5%에 해당하는 높은 점수를 기록했다. 이런 아이들은 보통이라면 정서적으로 불안정 해 보이거나, 조그만 자극에도 히스테리 적으로 반응하기 마련인데 그 아이는 조금 기묘했지만 명랑했기 때문에 검사 결과를 그대로 받아들이기가 쉽지 않았다. 가면우울증이 아닐까에 대해 의심도 해 보았지만, 그 아이가 검사지를 대충 작성했다고 생각하기로 했다. 왜 그런 경우가 있지 않은가? 설문지 작성이 귀찮아서 마구 찍는 사람들.

사실이라고 해도 굳이 내가 나서야 할 의무는 없다고 생각했다. 혹여 일탈행동을 한다면 부모와 선생이 책임지고 선도할 일이다. 나는 상담도 다해주었고, 고민이 해결되지 않았다면 그 애가 다시 찾아올 일이다. 이런 일로 그 아이를 다시 부르는 건 역시 공허한 에너지 낭비라는 판단이 들었다.

다음날 오후 5시 즈음이었다. 서류를 챙기며 퇴근준비를 하던 중에 뜬금없이 방문이 열리더니 중년의 건장한 사내 두 명이 구둣발로 들어와서는 경찰 신분증을 제시하고 동행을 요구했다.

식은땀과 진땀에 셔츠가 기분 나쁘게 들러붙었다. 머릿속이 꽉 차도록 '나는 아무것도 잘못한 게 없어 나는 아무것도 잘못한 게 없어 나는 아무것도 잘못한 게 없어.'하고 되뇌어도 바짝 긴장한 신경은 심박 수와 호흡을 비롯한 신진대사를 엉망으로 만들었다. 형광등이 켜져 있었는데도 어둡고, 공허하고, 두려운 공기가 사람을 미치게 하는 듯했다.

잠시 후 사십 대로 보이는 경찰청 취조관이 싸구려 데스크의 맞은편에 앉더니 '우선 긴장을 푸시고요.' 하면서 미소 비슷한 걸 지어 보였으나 오히려 두려움을 배가시켰다. 그의 얼굴에 그림자가 깊다. 경찰은 오늘 일어난 살인사건에 대한 이야기를 시작했다.

그 살인사건은 같은 반 동급생을 살해하고 가해자인 여학생은 아파트 옥상에서 투신자살한 것으로 꽤 큰 사회적 파문을 불러일으켰다. tv도 신문도 모두 그 사건을 보도했지만 늘 그렇듯 왕따, 학교폭력 문제에 대한 숙고로까지 이어지지는 않았다. 약속이나 한 것처럼 시간이 지나자 다 함께 입을 다물었던 것이다. 나는 그럴 수 없었다. 그 사건의 가해자는 나를 포함해 셀 수 없을 정도로 많다는 것을 알아버렸기 때문이다.

경찰관은 내게 아이의 유서를 건넸다. 백지에 크고 또박또박한 글씨로 '용기를 낼 수 있게 해줘서 감사합니다. 선생님.' 하고 쓰여 있었다. 취조관의 말에 따르면 아이는 왕따를 당하고 있었다고 했다. 평범한 수준의 왕따가 아니었다. 최근에는 살해당한 남학생으로부터 몹쓸 짓을 당했다는 소문이 퍼져 악의적인 너무나 악의적인 괴롭힘이 집요하게 일어났다고 했다. 그 아이의 고민은 짝사랑이 아닌, 강렬한 증오였던 것이다. 도대체 어떤 식으로 상담했기에 아이가 이렇게 극단적인 선택을 한 것인지를 추궁하자 패닉이 된 나는 '모르겠다.'라는 말을 반복할 수밖에 없었다. 그것이 그날의 모든 기억이다.

그날의 트라우마로 이전처럼 상담을 할 수 없었다. 내가 취조관인지 상담가인지 이곳은 취조실인지 상담실인지, 아무리 쉬운 상담을 해도 뭐가 뭔지 알 수 없게끔 흐트러져버렸다. 지금은 아주 긴 휴가를 받고 대학 때 읽었던 책들을 하나하나 다시 공부하면서 대부분 시간을 보내고 있다. 어쩌면 다시는 돌아갈 수 없을지도 모른다고 생각하고 있다. 만약 돌아갈 수 있다면 B급 상담가는 되지 않을 것이라고, 앞으로 무슨 일을 하더라도 가짜로 살지 않겠다고 기도할 뿐이다.

망각의 반지

프로메테우스는 티탄족의 이아페토스의 아들로 '먼저 생각하는 자'라는 뜻이다. 나는 어쩌면 에피메테우스가 아닐까 싶기도 하다. 불을 도둑질한 죄로 p가 묶인 사슬을 벗겨 냈고, 그 조각을 가끔 들여다보곤 한다. 불에 탄 건 그 녀석이지만, 그 그을음이 나에게도 조금은 묻어서 이렇게 회상해 보곤 하는 것이다. 그리고 내가 꾼, 이상한 꿈에 관해서 이야기해 보려고 한다. 참, 에피메테우스는 '나중에 생각하는 자'라는 뜻이다.

그 반지는 우리 사이에서 '망각의 반지'라 불렸다. 원래는 p의 것이었다. 견습공이 연습 삼아 만들었을 법한 투박한 디자인의 반지는 보기와 달리 꽤 이름 있는 공방에서 주문 제작으로 만들어졌는데, 손가락 한 마디를 잡아먹는 넓고 평평한 곁에는 까맣고 정갈한 궁서체로 이렇게 쓰여있다. '忘却'

이 반지가 녀석의 손가락에 끼워진 이유는 p의 전 여자친구 a 때문이다. 그녀는 내향적이기 이를 데 없는 p의 마음에 '불을 질러 놓았다.' 심지어 성격까지 바꿔놓았는데, 으스댄다고 해야 할까? 거만하다고 해야 할까? 한마디로 영 재수가 없었다.

p가 매달리다시피 한, 연애였지만, 우리는 내심 부러웠다. 녀석이 연애를 시작하면서 우리와 만나는 일도 소원해졌던 게 사실이다.(고등학교 시절부터 함께하면서 정이 깊다고 생각했던 건 착각이었다.) 여자친구 하나로 이렇게 소원해진다는 게 섭섭하기도 했었고, 녀석의 아니꼬운 행동, 이를테면 여자친구

자랑 같은, 팔불출 같은 모습도 꼴 보기 싫었다. 한마디 하려고 해도 괜히 시기심으로 보일까 입을 다물고 있던 차에 녀석의 이별 소식이 들려왔다.

p의 반응은 드라마틱 했다. 1. 자신이 헤어졌다는 사실을 부정하였고, 2. 헤어졌다는 사실에 분노하다가 3. 술을 마시고 밤새 전화를 걸었고 4. 프로필 사진과 배경을 모두 검게 칠하고 5. 마지막으로 보았을 때는 모든 것을 초탈한 표정이었다. 이는 죽음을 받아들이는 사람의 반응인 죽음의 5단계와 정확히 일치했다.

추문까지는 아니었지만, 충분히 추했다. p는 한없이 나락으로 추락하는 것처럼 보였다. 우리는 녀석을 위로한 답치고 시꺼멓게 몰려다니면서 술자리며, 노래방이며, 클럽이며 여기저기 쏘다녔지만, p는 정신적 충격이 컸는지 한 마디도 하지 않고 술만 연거푸 들이켰다.

집으로 가는 길이 같았던 나는 p를 부축하느라 무척 애를 먹었다. 우리의 우정이란 대개 술자리로 시작해서 벽에 기대 토악질을 하는 것으로 마무리되었다. p는 한참을 게워내더니 나에게 다가와 안기려고 시늉했다. 입가에 잔해(?)가 옷에 닿을까 싶어 밀치려고 했지만, 이내 p의 표정을 보고는 팔을 벌려 안았다.

"구웨에엑.."

괴랄한 소리와 함께 가슴팍이 뜨뜻해졌다. 나는 p를 밀치며 죽고 싶냐고 소리 질렀다. p는 충격이 컸는지 콘크리트 담장에 몸을 기대고 말없이 무너져 내리고 있었다. 진홍색 가로등 빛에 명암이 깔린 p의 얼굴 근처로 더러운 토사물이 흘러내린다. 짠한 마음에 다시 부축할 요량으로 녀석에 어깨에 손을 올리자 녀석의 손아귀가 내 팔을 잡고 쥐어짜기 시작했다. 엄청난 악력이다. 이어서 또렷한 목소리가 들렸다.

"그래! 차라리 그랬으면 좋겠다."

"아주 뮤지컬을 해라…."

p의 손아귀에 힘이 풀리고 더 이상 아무 말도 하지 않았다. 완전히 뻗어버린 녀석은 무거웠다.

*

p는 그날 이후로 연락이 되지 않았다. 다시 군대라도 간 건가 싶을 정도로 연락이 없던 차, 불쑥 연락이 와서는 약 4주 만에 p의 얼굴을 다시 볼 수 있었다.

그동안 단식이라도 했는지 해쓱해진 얼굴에 둥글고 순했던 눈매가 푹 꺼져서 마치 간디 같아 보였다. 술 잘 마시는 간디였다. 정말 다 털었다고, 잊었다고 말했지만, 전혀 설득력이 없었다. p의 말은 이상한 개그코드처럼 느껴졌다. 말과 행동은 반대였기 때문이다. 금연을 시작한 사람이 담뱃갑을 든 것처럼 휴대폰을 쥔 손이 달달 떨려왔다.

그보다 눈에 띈 것은 녀석이 끼고 온 반지였다. 약지 한 마디를 넓게 감싼 은반지, 건틀릿 부속품처럼 튼튼해 보이는 반지는 한자로 무언가 쓰여있었다. '망'까지 읽을 수 있었다. p는 왼손으로 맥주 한 병을 쥐고 병나발을 불다가 말했다.

"커플링 녹여서 만든 거야. 망각이라고 쓴 거고 두 명분을 녹여서 만들었더니 꽤 크더라"

p는 음각으로 새겨진 '망각'에 눈길을 두었다.

"나 같으면 그거 팔아서 치킨 사 먹고 만다."

"맞아…. 니가 무슨 반지의 제왕이여?"

h가 한심스럽다는 듯 p를 바라보며 말했다. h는 p에게 a를 소개해 준 당사자이기 때문에 특히 더 신경을 쓰는 것 같았다.

"어떻게 그렇게 쉽게 말할 수가 있어?"

p가 신경질적으로 말했다.

"그런 건 그냥 잊는 거야, 뭐 그렇게까지 하냐?"

h가 단호한 태도로 말했다.

그렇게 한참을 둘이서 투닥투닥하더니 이내 묵묵히 술만 마시기 시작했다. h는 나도 한마디 거들라는 듯이 한번 툭 쏘아봤지만 나는 어깨를 한번 으쓱하고 말았다. 내 말을 들어줄 녀석도 아닌 데다가 이미 많이 취한 것처럼 보였기 때문이다. 나도 슬슬 술기운이 오르던 참이었다. 밤이 오고 있었다.

참 아이러니한 물건이었다. 잊기 위해, 잊기 위한 증표를 만든 p는 그것을 간직하려 했다. 반대로 h는 잊기 위해 만든 '증표'도 버려야 한다고 했다. '그렇게' 잊는 것과 그냥 잊는 것, 잊는 법도 참 가지가지라는 생각이 들었다. 나는 내 휴대폰 앨범 비밀 폴더에 있는 옛 애인의 사진을 떠올렸다. 그런 걸 잊었다고 할 수 있을까? 아니면 '그렇게' 잊었을 뿐일까?

*

다 털었다고, 다 잊었다고 했던 p의 말은 역시 거짓말이었다. 그날 이후 p와는 다시 연락이 되지 않았고 다음 주도, 다음 다음 주도, 다음 달이 돼서도 죽었는지 살았는지 도통 연락이 없었다. h는 p가 슬슬 걱정되기 시작했는지 여기저기 떠도는 소문을 내게 들려주었다.

"걔 내 전화는 받지도 않아"

"나도 똑같지 뭐"

휴대폰을 향해 내리깐 눈이 속눈썹에 가렸다. h는 말을 이었다.

"들어보니까 자취방에서 맨날 술만 마시고 산다더라, 착하긴 한데.. 소심한 애라 걱정이야 네가 한번 가봤으면 좋겠는데, 같이 가도 좋고"

나는 고개를 끄덕이며 말했다.

"나도 슬슬 걱정되던 참이야 도어록 비밀번호도 알겠다... 그냥 쳐들어가지 뭐, 우선 나 먼저 가볼게"

h는 안심했는지 히-하고 웃어 보였다. 익숙한 모습이다.

h는 일이 있다며 먼저 자리에서 일어났다. 나는 혼자 믹스너트를 집어 먹으면서 맥주를 한 병 더 시켰다. p의 얼굴을 떠올리려 했지만 묘하게 인상이 흐려진 느낌이 들었다. 간디라면 얼마든지 떠올릴 수 있었지만, p는 간디가 아니었다. 그 대신 반지는 또렷이 기억할 수 있었다. 투박하지만 은빛으로 빛나는, 궁서체로 섬세하게 두 글자가 새겨진, 나는 물든 그 반지를 p의 손가락에서 빼내야 한다는 생각에 미쳤다.

*

d가 화려한 춤을 춘다. 발레와 현대무용을 섞어 놓은 듯한 기묘한 움직임이다. 한 바퀴 돌아서는 몸짓을 따라 옷자락이 일제히 흩어지다 감겨든다. d는 이런 옷을 입은 적이 없었고(항상 편한 옷을 선호했다.) 춤을 자주 추긴 했지만, 신체적 감탄사의 일환일 뿐(대부분 멋대로 몸을 흔들었다.) 특별한 어떤 것이 아니었다. 그러니까 이 장면은 '비현실적이었다.'

"근데 네가 그럴 자격이 있나?"

다른 모든 것은 비현실적이었지만 직설적인 말투만큼은 여전했다. 나는 반가움과 불편함 사이에서 갈피를 잡지 못했다.

d는 표정이 다양했다. 연극과 출신인 그녀는 모든 감정을 표현하고 싶어 했다. 그녀의 그런 모습은 좋은 사람을 연기하고자 했던 나를 시험에 들게 했다. 아니, 어쩌면 간파했다는 표현이 맞을지도 모르겠다. 그녀가 주는 감정은 나에게 지나친 고열이었고, 고열에 증발하듯이 헤어진 후에는 아무런 연락도 없이 일 년이 허무하게 지나가고 말았다.

"차라리 걔가 인간적이지, 너는 도대체 뭔데"

"넌 나를 감정 쓰레기통 취급했어."

내가 항변하듯 말했다.

"그런 너는 나를 어떻게 생각했는데?"

"…"

d의 몸짓은 더 격렬해졌다. 짧은 머리카락이 위로 솟는 모양이다. 그 모양이 마치 불꽃을 닮았다. 갑자기 사방에 열기가 느껴지기 시작했다. 숨이 막혔다.

"사과라도 바라는 거야?"

"아니 그냥 네 주제를 알라고"

d의 웃는 얼굴이 붉게 상기되었다. 열기가 고조되면서 시야가 흐려지기 시작했다. d의 동작에 어지러운 잔상이 겹쳐 보인다. 움직일 때면 팔이 네 개가 되었다가, 여섯 개, 여덟 개까지

늘어간다. 미간에는 붉은 눈이 하나 더 튀어져 왔다. 마치 모든 것을 꿰뚫어 보는 듯한, 무서운 눈이었다.

"그만해 내가 잘 못했어"

나는 무릎을 꿇으며 말했다.

그 순간 주변이 고요해지면서 차가운 바람이 불어왔다. 붉은 눈이 감기고 춤을 멈춘 d는 만면에 미소를 띠고 있다. 드디어 모든 게 끝났나 싶은 찰나 d가 입을 열었다.

"그래서 뭘 잘못했는데?"

나는 비명을 지르며 깨어났다. 식은땀이 뺨을 타고 죽 미끄러졌다. 보일러를 세게 튼 모양이었다. 답답함에 보일러를 끄고 창문을 열었다. 그녀의 붉은 눈은 어디까지 보았을까? 비밀 폴더 속 사진? 가끔 인스타그램을 염탐이고 있는 모습? 아무래도 좋았다. p의 자취방에 가기 전에 비밀 폴더부터 열어보았다. 그녀의 사진이 쏟아져 나왔다. 나는 잠시 망설이다가 그것들을 모두 선택한 다음 휴지통에 넣어버렸다. 완전 삭제 버튼을 누르는 것을 잊지 않았다.

p의 자취 방앞에 도착하자 숨이 턱 막힐 정도로 진한 술 냄새가 풍겨왔다. 도어록 비밀번호를 풀자 '삐빅-'하는 수로가 들렸고, 나는 조심스럽게 문을 열었다. 입구로 쏟아져 나온 맥주캔 몇 개가 내 발치로 굴러왔다.

"와..."

순간 눈앞에 펼쳐진 광경을 의심했다. 분리수거장이라 해도 좋을 정도로 많은 맥주캔이 쌓여있었다. p는 그 산(?)꼭대기에서 맥주를 마시고 있다. 나는 맥주캔 사이를 열심히 휘저으며 녀석에게 다가갔다. 헤엄치다 못해 등반하듯이 맥주캔을 밟고 올랐다. 맥주캔 틈에서 맥주를 마시고 있는 미친놈을 말려야 했다.

"미친놈아!"

진한 술 냄새에 더 이상 말이 나오지 않았다.

녀석은 무언가 말을 하는 듯했지만, 혀가 꼬부라져 도저히 무슨 말을 하는지 알아들을 수 없었다. 사방에서 진동하는 알코올의 방향 때문인지 드잡이하는 것만으로도 머리가 어지러웠다. 나는 녀석의 손에 쥐어진 맥주 캔을 뺏어다 집어던지고 녀석 위에 올라탄 다음 턱을 향해 훅을 꽂아 넣었다. 제법 둔탁한 충격이 오른손에 감겨왔다. 하도 조용해서 기절했지 싶었는데 가만 보니 녀석은 고개를 모로 한 채 닭똥 같은 눈물을 흘리고 있었다. 아니 한 달 넘게 맥주만 마셨을 테니, 눈으로 맥주를 흘리고 있을지도 모른다. 짠한 마음이 들었지만, 독하게 마음을 먹기로 했다.

내가 p의 반지를 빼려 하자 녀석은 단단하게 주먹을 쥐었다. 돌처럼 단단한 주먹이었다. 한 대 더 칠까 했지만, 인내심을 갖고 파고들자 녀석의 손에서 쓱-하고 힘이 빠지는 게 느껴졌다. 드디어 p의 약지에서 반지를 빼내고 얼굴을 살폈는데, 수

척한 얼굴에 마른 팔다리가 안쓰러워 보였다. 올챙이처럼 올라온 술배로 보아 한 달이 넘게 맥주만 마셔댄 게 분명했다. 약간 죄책감이 들었다. 그나마 다행인 것은 곯아떨어진 녀석의 얼굴이 너무나 편해 보였다는 것이다.

  방안에 쌓인 맥주 캔을 전부 내다 버리는 데 3시간이 걸렸다. 즉석 북엇국을 사다가 끓여놓고 집으로 돌아가는 길에 p옆에 있어줘야 하나 생각했지만, 이내 그만두기로 했다. 한 달이 넘게 맥주만 마셔댔으니 제대로 된 밥을 먹고 나면 감동의 눈물을 흘리며 자력갱생 하리라, 만약 그대로라면 h와 함께 찾아와 꽁꽁 묶어놓은 다음 알코올 병원으로 보내버릴 생각이다.

  다음 주, h와 나는 p를 다시 볼 수 있었다. 인류의 첫 액세서리는 프로메테우스가 자신을 구속했던 사슬을 갈아 만든 반지였다는데, p에게는 반대로 그 반지가 자신을 구속하는 사슬이었는지 모르겠다. 그러니까 불 도둑질을 할 때는 조심해야 한다. 불장난도 마찬가지, 독수리든 맥주든 당신의 간을 쪼아 먹을지도 모르니

환생

Wiedergeburt

"왜 그래? 이거 싫어해?"

여선이 말했다.

"아뇨 잠깐 옛날 생각이 나서요."

아말은 우리의 눈치를 살피더니 말을 이었다.

"제 고향에서는 돼지고기를 먹는 게 죄에요. 그런데 구호 식량마다 돼지고기가 들어있었죠. 전 사람들이 버리고 간 통조림을 주워 다가 신물이 날 정도로 먹었어요. 아, 미안해요…. 이상한 이야기 해서."

아말은 나이프로 소시지를 잘랐다.

"다 지난 일이야."

내가 말했다.

"그럼 우리, 미래의 열쇠공을 위해 건배 한번 할까요?"

여선이 잔을 들며 말했다. '프로스트'라는 건배사가 이어졌다. '당신의 행운을 빈다.'라는 의미라고 했다.

"좀 신 나는 거로 듣자"

여선은 라디오 채널을 돌렸다. 쇼팽이 사라지고 비트 섞인 빠른 랩이 들려왔다. 여선은 젊은 애가 만날 방구석에서 지루한 음악만 듣는다며 아예 클럽에 데려가야겠다는 말을 덧붙였다.

"넌 분명 인기가 있을 거야."

여선은 팔짱을 끼고 확신하듯 말했다. 아말은 수줍은 듯 머리를 긁는다. 확실히 또렷한 이목구비에 회색 눈동자가 제법 매력적이었다. 나는 강아지를 선물했다. 다리가 짧은 잡종이다. 애견샵 창문을 뚫어져라 쳐다보는 걸 외면하지 못했다. 이름은 아인, 여선이 지어주었다. 녀석은 이미 동거인이나 다를 바 없었기 때문에 내 집에서 기르기로 했다.

"너는 어쩌다 아저씨랑 같이 사는 건데?"

아말은 살짝 곤란해하는 표정을 지었다. 결심한 듯 와인을 한잔 비우고 입을 열기 시작했다.

"이대로는 안 되겠다는 생각이 들었어요. 독일에서 난민을 받는다는 라디오 방송을 듣고 난민 캠프에 합류했죠. 정착교육을 받고 지원금으로 운 좋게 집을 구했어요. 그걸로 다 끝난 줄 알았는데…."

아말의 표정은 점점 굳어졌다. 여선은 그만해도 좋다는 손짓을 해 보였다.

"제 비명을 들은 아저씨가 절 찾아왔어요. 이야길 듣더니 또 악몽을 꿀 거 같으면 여기서 자도 좋다고 했어요. 건물 관리도 맡겨줬고요."

아말이 나를 은근한 눈길로 바라보았다.

"그건 자꾸 민원이 들어와서 그런 거야. 세입자들이 비명 소리 때문에 잠을 못 자겠다고 보채길래 어쩔 수 없었어. 관리인도 필요했고."

절반은 사실이었다. 여선은 대견하다는 듯 내 어깨에 손을 올렸다.

"하긴, 저도 동거해 본 적 있는걸요. 알 것 같아요."

제멋대로 단정하는 듯한 말투였다.

여선은 뱅쇼를 만들어 주겠다며 주방으로 향했다. 술 끓이는 향이 거실까지 퍼져왔다. 아말은 약간씩 리듬을 탔다. 이런 음악을 좋아하는지 몰랐는데, 잔에서 뜨거운 김이 솟았다. 계피와 설탕을 넣고 끓인 와인은 독특한 향기가 났다. 건배를 하는데 음악이 멎었다. 곧 아나운서의 경직된 목소리가 들려온다. 프랑스에서 발생한 테러로 많은 사상자가 발생했으며, IS의 소행으로 의심된다는 내용이었다. 여선은 라디오를 껐다. 어색한 침묵이 찾아왔다. 아말은 불편한 듯 잔을 내려놓았다.

여선의 손이 어깨에 닿았다. 취기 때문인지 적막 때문인지 잠시 정신을 놓은 듯했다. 여선은 나에 관해 묻기 시작했지만, 나는 그저 소시지만 썰고 있을 수밖에 없었다. 일 년 전, 그날도 방금처럼 침묵과 취기 속에서 깨어난 듯했다. 수많은 꿈을 꾸고도 하나도 기억하지 못했다. 이름조차 생각나지 않았다. 그날 나를 깨운 것은 여선의 손이 아니라 자동응답기의 목소리였다.

'알고 있습니다. 당신이 아무것도 기억하지 못한다는 것을.

당신은 안전합니다. 금고를 확인해 보십시오. 곧 이 상황을 이해할 수 있을 것입니다.'

주변을 둘러보았다. 하얀 벽에 흰 가구들, 아무런 장식도 없는 그야말로 공간이었다. 나무로 만들어진 진공관 오디오만이 방 안에 둥둥 뜬 느낌이다. 집에는 생필품부터 식재료까지 필요한 모든 것이 준비되어 있었지만, 전혀 일상의 냄새가 나지 않았다. 호텔에 갓 체크인한다 해도 이 정도는 아닐 테다. 거실에 나가 금고문을 열었다. 상당한 금액의 현금과 통장, 건물등기를 포함한 서류가 들어있었다. 서류철 안에는 한국여권과 독일 영주권이 포함되어 있다. 붉은색 명함도 발견할 수 있었다. '슈나이더'라는 이름과 주소가 적힌 심플하기 이를 데 없는 명함이다. 이 남자가 자동응답기에 메시지를 남겼음을 직감했다. 그 어색한 말투, 주소는 여기서 멀리 떨어지지 않았다. 아래 칸 깊숙이 도시락처럼 생긴 알루미늄 케이스를 열었을 때는 나도 모르게 헉 소리가 튀어나왔다. 케이스 안에는 탄창과 탄알, 부담스러운 크기의 자동권총이 들어있었다. 무거운 수수께끼였다.

면도날이 지나갈 때마다 모르는 얼굴이 드러났다. 집에는 금방 적응할 수 있었지만, 내 모습은 아무리 봐도 낯설었다. 서류상 나이는 43살, 생일은 이 집에서 깨어난 날이다. 자동응답기의 의사는 어떤 질문에도 제대로 대답하는 법이 없었다. 그는 리셋이라는 표현을 사용했다. '부작용이 좀 있었습니다. 초기에는. 하지만 제대로 된 프로그램이 없었을 때이니 안심하십시오. 당신은 안전합니다. 제 처방을 따라주기만 한다면.' 어떤 부작용이 있었는지 묻자 그런 건 중요하지 않다고 말하곤 '당신은 안전하다'는 말만 반복했다. 퍽이나 위로가 되었다. 면도를 끝내고 면도칼과 거울 속의 나를 번갈아 바라보았다.

'알려고 하지 마세요. 그게 당신을 위한 길입니다.'

의사의 마지막 말이 떠올랐다.

*

"당신처럼 빠르게 배우는 사람은 처음이에요."

여선은 놀란 눈을 하며 말했다. 말할 때마다 짧은 머리가 찰랑거렸다. 독일어를 배운 지 두 달 차였다. 의사는 현지 적응의 일환으로 사람을 고용했다고 말했다. 새로운 관계를 구축하는 게 치료에 도움이 된다나? 그녀는 독일 유학생으로 용돈벌이 차 현지인에게 독일어를 가르치고 있다고 했다. 의사의 어색한 한국어도 그녀의 작품이었다. 처음에는 감시를 의심했지만, 격일로 마주하다 보니 자연스럽게 의심을 거둘 수 있었다.

"이제 더 배울 필요가 없어요."

내가 어버버 하는 흉내를 내자 그녀는 어깨를 들썩이며 웃었다.

여선은 사소한 것에도 크게 반응했다. 반응은 머리카락에서 시작되는데, 말할 때마다 짧은 머리카락이 흔들리면서 좋은 냄새가 났다. 그녀가 오지 않는 날이면 온종일 인터넷을 뒤적거렸다. 전생의 기록은 전부 사라진 듯했다. 아무리 찾아봐도 웹에서는 내 과거의 흔적을 찾을 수 없었다. 몇몇 사이트의 아이디를 새로 만들었다. wiedergebut0415, 독일어로 '환생'이라는 뜻이다. 깨어난 날짜를 뒤에 붙였다. 웹에 죽은 사람의 SNS나 블로그가 무덤처럼 쌓여가고 있다는 인터넷 기사를 읽었다. '사이버 장의사'는 웹상에 존재하는 개인의 기록을 모두 지워준다고 했다. 추측하건대, 과거의 나도 그렇게 지워진 게 아닐까?

여선의 SNS 계정을 찾았다. 호기심이 우울한 기분을 뒤덮었다. 역시 회사에서 보낸 사람은 아닌 것 같았다. 또래 친구들과 찍은 평범한 사진들, 일상을 다룬 토막글 몇 개가 전부다. 팔로우 버튼을 눌렀다. 밖에 나가기가 두려웠다. 창문으로 낯선 도시를 바라보고 있으면 그런 기분이 든다. 여선의 모습이 내려다보였다. 곧 초인종이 울릴 것이다. 여선만 있다면 이 익숙하고 따뜻한 공간에서 한 발짝도 나가고 싶지 않았다.

"재민 씨는 지금 무슨 일 하세요?"

"음…. 임대업?"

"으음... 아무도 없는 것 같던데?"

여선은 눈을 반짝였다. 호기심 어린 눈빛이다.

"이제부터 받으려구요. 혹시 방 필요해요?"

여선은 웃으며 고개를 가로저었다. 학교 기숙사에 살고 있다고 했다. 텅 빈 새 건물이 흥미롭다는 듯 질문을 이어나갔는데, 이럴 때면 꼭 튀어 오르는 고무공을 보는 것 같다. 여선이 돌아가고 진지하게 방을 내놓을 계획을 세웠다. 돈이 급하진 않았지만, 내 소유의 건물을 놀려둘 이유는 없었다. 온라인을 통해 부동산에 의뢰했더니 괜찮겠냐고 묻는 전화가 왔다.

*

세 사람이 식탁에 앉아있다. 두 사람 사이에 알아들을 수 없는 고성이 오간다. 귀를 막았다. 감각이 어지러움과 역겨움으로 비틀어졌다. 비명을 지르고 싶었지만, 이상하게 목소리가 나오지 않았다. 손을 잡고 싶었지만, 팔목에 힘이 들어갔다. 그대로 어디론가 끌려들어 가는 감각을 느꼈다. 세 사람은 거실에 앉아있다. 나는 가운데 앉아 고개를 숙이고 있다. 두 사람은 상체를 앞으로 숙인 채 무척이나 진지한 대화를 나누는 듯했다. 남자의 얼굴이 일그러지더니 여자의 뺨을 갈겼다. 뺨 맞는 소리가 이명처럼 머릿속을 울렸다. 그 소리는 점점 커지고 빨라지다가 필름이 끊기듯 사라졌다. 나는 낯선 여자의 손을 잡고 있다. 그녀의 손은 부드럽고 따뜻하다. 얼굴을 올려다보고 싶었지만, 목이 움직이지 않았다. 내 눈은 두 사람을 향해있다. 두 사람도 나를 바라본다. 고철을 보는 눈빛도 그것보단 따뜻할 것 같다. 이대로는 안 되겠다는 생각이 들었다. 뭔가 손에 쥘 수 있는 도구를 떠올렸다. 손바닥에 금속성이 느껴졌다. 나는 그것을 천천히 들어 올렸다. 안전장치를 풀고 방아쇠를 당겼다.

여기까지 쓰고 노트를 덮었다. 혼자 감당하기 버거운 혼란을 느낄 때마다 글을 쓰는 버릇을 들였다. 어떤 주제건 좋았다. 전날 꾸었던 꿈이나 여선과 나누었던 대화, 단순한 일기도 좋았다. 파란 알약을 먹고 헤드폰을 쓴 채로 오디오를 켜면 꿈속으로 빠져들었다. 단순한 뮤직 테라피 라기보다 마약이 의심되는 감각적인 환상이다. 의사는 도통 제대로 설명해주는 법이 없었다. 치료의 진도를 물을 때면 얼버무리곤 사람을 사귀라는 둥 외출을 하라는 둥 쓸데없는 간섭으로 사람을 귀찮게 했다.

방은 금세 나갔다. 시세 절반에 못 미치는 월세에 학생들이 주로 찾아왔는데, 1, 2층은 현지 학생들이, 3층은 한인 학생 두 명과 '아말'이라는 이름의 청년이 차지했다. 내놓고 세만 받으면 될 줄 알았지만, 뜻밖에 해야 할 게 많았다. 어제는 아래층 학생이 곤란하다는 표정으로 이야길 꺼냈다.

"302호에서 밤마다 비명이 들리는데 도저히 잘 수가 없어서 왔습니다. 찾아가도 문을 안 열어줘요. 경고라도 한번 해주셨으면 좋겠는데…."

학생은 야속하다는 듯 나를 쳐다보았다. 조금 미안한 마음이 들었지만, 그 시간이면 나도 꿈속에서 헤매고 있을 시간이니 비명을 지르는지 뭘 하는지 알 방법이 없었다.

학생을 달래 돌려보내고 302호 초인종을 눌렀다. 꿈이 뒤숭숭 한 게 비명 탓인지도 몰랐다. 녀석은 매일 밤 악몽을 꾼다고 말하며 이야기를 들려주었다. 이야기를 듣는 것만으로 왠지 모를 동질감이 느껴졌다. 용건을 마친 나는 방으로 돌아와 그 아이의 이야기를 노트에 적기 시작했다.

공습예보 전단이 떨어지던 날 밤, 아말은 몰래 자물쇠를 풀었다. 포로는 겁에 질려있었지만, 이내 다른 포로들을 이끌고 빠져나갔다. 다음은 부녀자들을 가둔 방이었다. 어리고 예쁠수록 값이 비싸다. 적극적이었던 포로들과 달리 도통 미동이 없었다. 미련 없이 등을 돌렸다. 아말은 자물쇠를 열었고 나머지는 그들 몫이었다. 그대로 IS구역을 넘어 레바논 헤즈볼라 구역으로 향했다. 그림자처럼 한 사람이 따라붙었다. 아말은 신경 쓰지 않고 계속 걸었다. 해가 뜨기 전에 최대한 이동해야 했다. 언 듯 바라본 그 아이는, 비싸게 팔릴법한 소녀였다.

동이 트고 있었다. 잠깐 언덕에 앉아 다리를 풀었다. 가방을 열어 빵을 꺼내는데 총성이 들렸다. 아이의 어깨에 구멍이 뚫렸다. 포복으로 얼마간을 이탈하고 전력으로 뛰었다. 몇 발의 총성이 들릴 뿐 추적해오지 않았다. 바위산 부근에 토굴을 파고 몸을 숨겼다. 동이 튼 이상 더 움직이는 건 무리였다. 허기가 몰려왔다. 빵을 씹다가 왈칵 눈물이 났다. 죽음 같은 잠이 쏟아졌다. 그날 밤, 아말은 눈을 질끈 감았다. 녀석들은 이미 소녀를 시간(屍奸)하고 버려두었다. 당하는 순간까지 살아있었을지도 몰랐다. 제발 즉사했길 마음속으로 바라고 또 바랐다. 녀석의 토굴은 그 아이의 무덤이 되었다. 빵 반 덩어리를 던져 넣고 흙을 덮었다.

  레바논 시내에 도착해 시리아 난민들과 합류할 수 있었다. 문이 열리고 문이 닫혔다. '정책이란 때론 바뀔 수 있다'는 그 한마디가 국경마다 수천 명의 난민을 가로막았다. 아말이 독일에 도착했을 때, 광장에는 크리스마스 장이 서 있었다. 솜사탕 냄새에 속이 울렁거렸다. 반쯤 삭은 돼지고기가 신물과 함께 올라왔다. 그것은 지긋지긋한 화약 냄새를 닮았다. 짧은 정착 교육을 받고 주어진 지원금으로 지금의 방을 구할 수 있었다. 그리고 매일 밤 그 아이가 나타나는 꿈을 꾸었다.

*

"작문에 재능이 있는지 몰랐어요. 소설이에요?"

여선이 노트를 덮으며 말했다.

"전부 사실이야, 내 꿈도 그 녀석 이야기도."

인스턴트커피를 뜯으며 말했다. 여선은 고개를 한번 갸웃거린다.

"걘 그럴 수 있다고 생각해요. 근데 당신은 그렇게 기억을 잃은 사람치고 너무 여유롭지 않아요?"

"하지만 사실인걸" 나는 여선에게 커피를 건넸다.

"음…. 잘 모르겠지만, 글은 계속 쓰는 게 좋을 것 같아요. 독일어로 써보는 건 어때요?"

내 이야기는 전혀 믿지 않는 눈치였다. '너무 여유롭지 않아요?' 그녀의 말이 머릿속을 맴돌았다. 아말이라면 어땠을까? 내가 10살쯤 더 어렸다면, 이 혼란을 감당할 수 있었을까? 아말과 대화를 나누고 쓸모없어 보였던 권총이 실용품처럼 느껴졌다. 두려웠던 것은 내가 무슨 이유에서인지 분해조립부터 사격까지 권총에 대한 모든 것을 숙지하고 있다는 사실이다. 몸 곳곳의 흉터도 예사롭지 않았다. 사십 대 중반의 한국 남자가 권총을 익숙하게 다루는 건 매우 드문 경우다. 몇 가지 가능성이 떠올랐지만, 이내 생각하는 것을 그만두었다. 힘들게 메워 놓은 무덤을 다시 파헤치는 일처럼 느껴졌기 때문이다.

아말은 21살이라기엔 훨씬 어려 보였다. 아마도 십 대 중후반쯤, 긴 머리카락 때문에 어쩐지 여성스러운 인상이다. 녀석은 매일 밤 악몽을 꿨다. 생활도 완전히 망가진 모양으로 몸에 뼈가 다 드러나 보였다. 월급 절반을 가불해 주고 건물관리를 부탁했다. 계단 청소나 세입자 민원 같은 귀찮은 일을 덜 요량이었다. 또 소리를 지르면 곤란하니 악몽을 꿀 것 같으면 이 집에서 자도 좋다고 허락해 주었다. 만들어준 일이나 다름없지만, 녀석은 성실하게 일했다. 영리하고 손재주가 좋았다. 언젠가 열쇠를 잃어버린 입주자의 문을 따주기도 했다. 전기를 다룰 줄도 알았고 계단은 먼지 하나 앉는 법이 없었다. 밤이면 베개를 안고 내 집으로 올라왔다. 재밌는 것은 내가 녀석을 깨우는 날보다 녀석이 나를 깨우는 날이 훨씬 더 많았다.

*

내가 독일어 작문을 연습하고 있으면 아말은 여선에게 회화를 배웠다. 수업료를 대신 내겠다고 하자 '재능기부'라며 마다했다. 그 사이 머리카락이 많이 길었다. 덕분에 한결 성숙해 보이는 한편 아말은 긴 머리를 짧게 자르고 제법 살이 붙었다. 둘 사이를 가만히 지켜보고 있으면 사이좋은 오누이를 보는 것처럼 뿌듯하면서도 약간의 질투심이 솟아올랐다.

"이거 켜 봐도 돼요?"

아말이 오디오를 가리키며 말했다.

고개를 끄덕였다. 약을 먹고 헤드폰을 쓰지 않으면 보통 오디오와 다를 바 없었다. 아말은 음악을 좋아했다. 재미가 붙었는지 근처 시립도서관에서 음반을 잔뜩 빌려다가 오디오에 돌려보곤 했다. 조용한 클래식 음악을 좋아했기에 딱히 방해되지는 않았다. 일이 없으면 그 앞에서 꼼짝도 하지 않았기에 차라리 심심할 지경이었다. 이렇게 조용한 음악을 상기된 표정으로 듣는 소년은 아말이 거의 유일할 테다.

"제 라디오로 잡히는 주파수가 뉴스랑 클래식 채널밖에 없었어요."

더 이상 묻지 않았다. 오디오에서는 쇼팽이 흘러나왔다. 커피 두 잔을 타서 한 잔을 아말에게 건넸다. 커피를 홀짝이며 음악에 집중하는 아말의 모습을 바라보면서 알 수 없는 그리움에 잠겨 들었다. 헤드폰 없이도, 약이 아닌 소량의 카페인만으로도 잃어버린 기억의 감각에 도달할 수 있을 것만 같은 느낌에 사로잡혔다. 외출을 시작한 것도 이즈음이다. 아말은 나에게 시립도서관을 보여주고 싶어 했다. 하얀 주사위 같은 도서관 건물은 중심에는 용도를 알 수 없는 텅 빈 사각형 공간이 있다. 기하학적인 멋을 부린 건물이었다. 여선의 표현을 빌리자면, 정신병원 같았다. 아말이 음반을 고르는 동안 나는 유럽 문화사 한 권과 얇은 소설책 한 권을 빌렸다.

"그냥 같이 들으면 안 돼요?"

헤드폰을 쓰는데 아말이 말했다.

"이게, 뮤직 테라피 같은 거라서 헤드폰을 안 쓰면 효과가 없어."

파란 알약을 집으며 말했다.

"들어봐도 돼요?"

아말에게 헤드폰을 건넸다. 오디오의 진공관이 달아오르자 까만 방이 노랗게 물든다. 시원한 콧날 옆으로 커다란 눈이 반짝거렸다. 기억을 리셋해야 하는 쪽은 이쪽이 아닐까? 나는 한동안 아말의 눈가가 반짝이는 걸 지켜보았다.

*

아말은 이제 작문을 배운다. 내년에는 기술학교에 다니고 싶다고 했다. 열쇠기술에 흥미를 보였다. 나는 더 배울 필요가 없었으면서도 그녀를 붙잡아두고 싶은 마음이 컸다. 아직 독어가 서툰 아말이 고맙기도 했다.

의사는 '당신은 성공할지도 모르겠다.'는 이야길 전해왔다. 세 사람 이상 관계를 확장한 사람은 내가 처음이라나? 비록 하나는 강아지긴 하지만, 슈나이더는 대부분 혼란을 이기지 못하고 혼자 방에 틀어박혀서 페인처럼 연명하다가 '잘못'되고 만다고 했다. 이번에도 구체적인 언급은 피했지만, 충분히 짐작할 수 있었다.

"오늘은 야외수업 어때요?"

여선의 머리카락은 어느새 어깨 아래로 내려왔다. 패딩 모자 뒤로 부채처럼 펼쳐질 정도다.

"그럴까?"

"빨리 나오세요. 아인도 데리고, 크리스마스 시장은 처음이죠?"

11월 말부터 크리스마스 분위기에 들떠있다. 크리스마스 보름 전부터 장이 들어서고 시청 근처에 사람들이 북적거렸다. 우리는 각자 마음에 드는 장식품을 사서 트리를 꾸미기로 했다. 한 걸음만 움직이면 다른 상점이, 그 옆에 또 다른 상점이 시선을 끌었다. 가족 단위로 크리스마스 시즌에만 운영한다고 여선이 말해주었다. 노점 식당에서 학센을 해치우고 광장으로 향했다. 아말은 거의 뛰어다니듯 여기저기를 기웃거렸다. 여선은 아인을 데리고 사진 찍기에 여념이 없다. 날씨는 추웠지만, 노란 크리스마스 등과 낮고 오래된 건물들이 어떤 온기를 전해 주는 것 같았다.

아말이 광장 가운데 멈춰 섰다. 사람들이 모여 있고 피아노 소리가 들려왔다. 길거리 공연을 하는 모양이었다. 중년의 독일 남자가 심취한 듯 건반을 탔다. 잘 손질된 수염이 퍽 신사답다. 음률이 차분하게 가라앉았다. 10유로 지폐를 꺼내 상자에 넣었다.

"쇼팽 전주곡 4번 E단조에요"

술이라도 마신 것처럼 아말의 표정이 상기되었다.

아말은 여선과 음악에 대해 몇 마디 말을 주고받았다. 서로 통하는 게 있는 모양이었다. 리듬에 맞춰 고개를 끄덕이는 여선의 모습이며 꼬리를 흔들며 앉아있는 아인, 처음 보는 자연스러운 표정의 아말, 음악을 듣고 있으면 알 것 같았다. 우리가 잃어버린 게 무엇인지. 한 곡이 끝나고 박수가 쏟아졌다. 연주자는 목례를 하고 다음 곡을 시작한다. 이번에는 여선이 곡 제목을 맞췄다. 두 곡을 더 듣고서야 우리는 다른 곳을 향했다.

"잠깐만 앉아서 기다려요. 뱅쇼 사올게요."

여선은 북적거리는 시장으로 사라졌다.

기분 좋은 피로감이 몰려왔다. 아말은 옆에서 자기가 산 물건을 하나씩 꺼내보며 미소 지었다. 근사한 전나무를 사고 싶었다. 우리가 꾸민 트리 앞에서 카드와 선물을 교환하고 크리스마스 음식을 잔뜩 사다가 맥주 파티를 할 테다. 그런 상상만으로도 몸에 열이 올랐다. 잠깐 아말에게 아인을 맡기고 벤치에서 일어났다. 여선을 혼자 보낸게 마음에 걸렸다.

"사람이 되게 많아요. 좀 걸리겠는데요?"

여선은 팔짱을 끼고 짝 다리를 짚었다. 못마땅한 표정이다.

"좀 비싸지 않아?"

"잔은 반납하면 값을 내줘요. 가져갈 거죠? 이런 게 나중엔 다 추억인데…. 재민씨는 그런 거 없어요? 추억 같은 거"

"난 추억이라고 할 만한 게 없어. 사실이야. 기억을 전부 지

웠나봐, 내가."

 나도 모르게 의사의 어색한 말투가 따라나왔다.

 "진짜 재미없다."

 머그잔 세 개가 우리 앞에 놓였다. 암적색 와인에서 계피 향이 났다. 여선은 잔을 집다 그만 손잡이를 놓치고 말았다. 아까운 듯 쭈그려 앉아 깨진 머그잔을 바라본다. 한 잔 더 달라고 말하려는 순간 멀리서 탁음이 메아리쳐왔다. 익숙하면서도 불온한 소리였다. 본능적으로 여선을 덮쳐 안았다. 곧 귀가 멍해졌다. 알아들을 수 없는 외침과 함께 총성이 메아리친다. 곧 넘어지고 부딪히고 구르는 사람들이 보였다. 소리가 들리지 않았다. 우리 옆으로 사람이 쓰러졌다. 떨고 있는 여선을 보며 손짓했다. '엎드려 있어.' 여선은 커다랗게 뜬 눈으로 내 손을 주시하곤 고개를 끄덕였다. 간헐적으로 총성이 들려오더니 이내 소리가 멎었다. 또 한 번 알아들을 수 없는 외침이 들려왔다.

 다시 눈을 떴을 때 아말이 내 몸을 흔들고 있었다. 손이 붉게 물들었다. 엎드린 여선의 머리카락 사이로 암적색 액체가 배어 나왔다. 비릿한 향기에 숨이 막혔다. 다시 시야가 흐려졌다.

*

 베를린 시내 다섯 곳에서 총격과 자살폭탄 테러가 있었다. 공원과 광장, 시장과 극장에서 총 130명이 죽었다. 부상자는 세 배였다. 총책은 수니파 이슬람 무장단체 IS 출신으로 5일 후 독일 경찰특공대에 의해 사살되었다. 한 명은 국경을 넘나들며 천 킬로미터를 도주했다가 이탈리아에서 체포되어 압송되기도 했다. IS는 공식 성명을 통해 테러가 자신들의 소행임을 인정했다. 이민 가정 출신의 젊은이와 난민 틈에 섞여 들어온 IS 대원도 주범에 포함되었다. 전문가는 IS가 현지의 소외된 청년들, 이른바 '외로운 늑대'를 포섭해 테러에 이용하고 있다고 경 고했다. 경비가 강화되고 국경은 문을 걸어 잠갔다.

아말도 그날 경찰에 연행되었다.

*

여선의 배에 손을 올렸다. 옆구리에 작은 흉터가 느껴졌다. 아물어가는 흉터는 선명한 분홍색이다. 여선은 작은 손으로 내 어깨를 훑었다. 어깨에서부터 등, 팔과 가슴, 흉터가 있는 곳마다 그녀의 손이 닿았다. 계피향이 났다. 그녀의 긴 머리카락을 손으로 쓸었다. 그녀는 병원에서 나와 함께 퇴원하겠다고 고집을 부렸다. 누워있는 내 옆에 앉아 흉터를 내보이며 비키니는 다 입었다는 둥 애써 밝은 척을 해 보였지만, 그 눈빛을 보고 있으면, 아말 생각이 났다.

침대에서 일어나 책상에 앉았다. 나는 펜을 쥐고 오늘 꾼 꿈을 기록했다. 벌써 네 권 째다. 얼마쯤 작문을 끝냈을 때 여선은 내 옆에 다가와 있었다. 어린 학생을 가르치는 선생님처럼 몸을 숙여 노트를 바라본다. 그녀의 옆모습과 체취에도 격정은 일어나지 않았다. 대신 한없이 그리운 기분에 사로잡혔다.

여선은 말없이 돌아서서 오디오에 CD를 넣었다. 진공관이 예열 되고 곧 베토벤이 재생된다. 여선이 생일날, 아말 에게 선물했던 CD였다. 침대 한 쪽에 걸터앉아 음악에 집중하는 모습이 아말과 꼭 닮았다.

수사를 담당한 형사는 매일같이 찾아오는 내가 귀찮았는지 녀석이 단순한 난민 출신이 아닌, IS 소년병이었다는 게 밝혀졌다고 말했다. 그런 건 이미 알고 있었지만, 나이도 출신도 이름도 속였음은 몰랐다. 알 수 없는 동질감의 정체와 마주한 듯했다. 면회는 불가능했고 당국에서는 추방까지 염두 할지 모른다는 말이 전해졌다.

"내년에 한국으로 돌아가려구요."

여선의 표정이 어둡다. 그녀는 내가 들을 자격이라도 있는 것처럼, 담담하게 그동안 살아온 이야기를 하기 시작했다. 그녀가 돌아가고 나는 노트에 그녀의 이야기를 적었다.

백화점과 지하철은 여선의 전부였다. 독어 독문과를 졸업하고 취직한 백화점에서 화장품을 팔았다. 그나마 주홍빛 온기를 주던 가스등은 형광등 빛을 내는 LED로 교체되었고 도시는 한층 더 밝아 졌으나 여선에게 어떤 온기도 주지 못했다. 화장한 얼굴이 지하철 좌석 맞은편 창문에 비친다. 여선은 웃고 있다. 머릿속은 텅 비어있다. 피로가 몰려왔다.

그럼에도 여선은 쉽게 잠들지 못했다. 공들여 화장을 지우고 다리를 마사지한다. 다리에 핏줄이 드러나 병원에 가보니 하지 정맥류였다는 사수의 이야기를 상기하면서, 아무리 피곤한 날에도 영화는 꼭 한 편씩 보곤 한다. 칙릿. 혹은 유럽 영화도 좋았다. 하지만 그것도 질려가던 차였다. 무의미한 웹서핑을 하다가 문득 창밖을 바라보았다.

여선의 원룸 앞에는 하천이 흘렀다. 문득 림마트 강에 비친 달이 떠올랐다. 독문과 졸업 기념으로 다녀왔던 독일 여행, 면세점에서 구매한 샤넬이 10평짜리 원룸 한구석에 영롱한 빛을 발한다. 눈물이 났지만, 입은 여전히 웃고 있다. 그 소름 끼치는 표정이 싫었다. 여선은 다음 날 샤넬을 들고 도망치듯 독일행 비행기에 몸을 실었다.

여선이 한국으로 돌아가던 날 그녀의 계좌에 수업료를 입금했다. 아말의 몫과 퇴직금을 포함한 적당한 금액이었다. 도망치지 않고 살아갈 수 있을 것이다. 함께 가자는 그녀의 제안은 거부했다. 무덤을 파헤치고 싶지 않았다. 나는 이제 아인과 함께 아말을 기다린다.

*

남자는 칼날이 오가는 틈 사이를 피해 가며 건반을 눌렀다. 쇼팽을 치는 듯했다. 손가락이 하나씩 잘려나가고 그 위로 건반 덮개가 떨어졌다. 뱃고동 소리 같은 비명이 들렸다. 남자의 얼굴이 고통으로 일그러진다. 피아노가 타오르기 시작했다. 남자는 피아노와 함께 타오른다. 붉게 무너지는 모든 틈 사이에서 참을 수 없는 냄새가 피어올랐다. 붉은 액체가 흘러넘쳤다. 금속성의 불쾌한 냄새가 와인 향과 섞여들었다. 불길은 나에게로 번져왔다. 손가락이 타들어 가는 고통을 느꼈다. 손가락을 중심으로 구멍이 뚫리기 시작했다. 구멍은 점점 커지고 풍경들이 유화처럼 뭉개졌다. 나는 그 구멍 속으로 튕겨 나갔다.

비명과 함께 잠에서 깨었다.

아인이 내 손가락을 물어뜯고 있었다. 내가 일어나자 곧장 침대에서 내려와 짖는다. 오디오 진공관이 무드 등 같은 빛을 발했다. 아인이 거실로 달려나갔다. 몽롱한 정신을 부여잡으며 침대에서 일어났다. 거실에 인기척이 느껴졌다. 아말의 뒷모습이 보였다. 도망쳐 나온듯했다.

"다가오지 마세요."

돌아보는 아말의 눈빛이 차갑다.

멈춰서 주변을 살펴보았다. 월광 덕분에 상황을 대충 파악할 수 있었다. 금고문이 열려있었다. 탁자에 알루미늄 케이스가 열려있다. 내가 한 발짝 다가가자 아말이 권총을 겨눴다.

"이제 다 끝났어요. 추방이에요. 더 도망칠 곳은 없어요."

"맞아 다 끝났어."

나는 자세를 낮춰 보였다. 아말은 총구를 내린다.

"아니에요. 저도 똑같은 놈이에요. 당신은 제가 불쌍하고 순진한 놈이라고 생각했겠지만, 틀렸어요. 제가 어떻게 금고를 열 수 있었는지 말해줄까요? 당신이 자고 있을 때면 몇 번이고 시도했어요. 문을 열고 생각했죠. 봄이 오면, 거기 있는 돈을 가지고 새 삶을 시작하겠다고. 미안해요. 용서해주세요."

아말의 눈가가 빨갛게 물들었다.

"자꾸 생각나요. 제게서 도망치던 사람들의 눈빛, 비명소리, 시체들…. 경찰에 연행되면서 생각했어요. 이젠 그냥…. 다 끝났으면 좋겠어요."

말을 마친 아말은 권총을 관자놀이에 가져다 댔다. 아말은 눈을 질끈 감았다.

어떻게 그런 동작이 가능했는지 스스로도 납득하기 어려웠다. 튀어 나가듯 아말에게 접근해 양손을 교차시켰다. 왼손에 권총 슬라이드가, 오른손에 손잡이 아래가 닿음과 동시에 권총이 내 손에 쥐어졌다. 탄창을 내리고 슬라이드를 젖혔다. 탄알이 튀어 올랐다. 모든 동작은 한 번에 이루어졌다. 권총을 버리고 아말을 끌어안았다. 등까지 고동 소리가 울렸다. 살아있음을 느꼈다. 따뜻했다.

*

 새벽 다섯 시, 방송이 시작되는 시간이다. 염불 같기도 하고 타령 같기도 한 낯선 노래가 들려왔다. 자주 듣자니 낯선 노래도 제법 들어 줄만 했다. 내가 경계를 서는 동안 아말은 자물쇠를 만졌다. 철컥 소리와 함께 문이 열린다. 아말은 내게 미소를 지어 보였다. 그곳에서 어리고 둥근 눈들이 우리를 바라보고 있었다. 그들을 데리고 돌아가는 길, 동이 트면서 붉은빛이 돌았다. 얼마쯤 걸었을 때 뒤에서 탁한 소리가 들려왔다. 나와 아말은 소총 손잡이를 움켜쥐곤 뒤를 돌아보았다. 탁한 총성이 노랫소리를 찢어냈다.

태양의 서커스
Cirque du soleil

아스테이아. 그 아이의 이름이다. 내가 그녀를 구한다면 이 장막과 외줄 위에서, 벗어날 수 있을까? 아스테이아는 형태가 없었다. 나는 거울처럼 이따금 아스테이아를 바라보았다. 눈을 마주치면 그녀는, 나를 꿰뚫어버리곤 했다.

나는 벙어리다.

단장이 아스테이아를 아시아 어디쯤에서 데려온 것처럼, 단장은 나를 남미 어디쯤에서 데려왔다. 인신매매나 납치를 떠올릴 수 있겠지만, 단장은 좋은 사람이었다. 다만, 사양길에 접어든 서커스단을 유지할 방법은 그리 많지 않다는 것을 말해두고 싶다.

나는 어려서부터 기술을 익혔다. 나와 함께했던 소년들이 절반으로 줄어들고 또 그 절반으로 줄어들 무렵 나는 간단한 마술부터 줄타기, 저글링까지 온갖 기술을 익힐 수 있었다. 열세 살 즈음엔 적게나마 보수도 주어졌다.

미트라는 줄 타는 여자다. 줄타기를 비롯해 많은 것을 가르쳐준 여자. 합숙소는 그다지 개인적인 공간이라고 할 수 없었으므로, 그녀는 상대를 바꿔가며 섹스를 즐겼다. 그저 만족스러웠다. 보수도 좋았고 유랑은 즐거웠으며, 미트라와의 섹스도 좋았다. 하지만 그 모든 것이, 아스테이아를 보는 순간 무너져 내렸다.

아스테이아는 단장과 같은 방을 썼다. 기술을 익히는 일은 없었다. 아스테이아는 종종 단장실 테라스로 나와 우리가 연습

하는 것을 지켜보았다. 눈을 마주칠 때면 그 깊고 검은 눈 속에 고인 슬픔에 야트막한 탄식이 일었다. 그 탄식은 어떤 '말' 같았다.

 최근엔 단검을 투척하는 기술을 익혔다. 단검은 10m까지 세 바퀴를 회전하며 날아가 꽂힌다. 무회전 투척도 가능하다. 나는 단장의 이마에 단검을 꽂아 넣는 상상을 했다. 물론 상상일 뿐이다. 이곳은 나와 아스테이아의 새로운 터전으로 손색이 없었다. 이런 곳에서 단검을 투척해 단장을 죽일 수는 없다.

 대신 막사에 몇 가지 장치를 해두었다. 막사는 타기 쉬운 천으로 제작되어 있었다. 여섯 개의 기둥과 용마루 하나만 처리한다면, 막사를 무너뜨리는 것은 간단한 일이다. 이미 폭죽용 화약을 기둥과 용마루에 설치해두었으므로 내가 공연을 시작하는 20시쯤이면 모든 일이 끝나있을 터였다.

 우리의 배는 블라디보스토크 항구에서 출발해 부산항에 닿았다.

 소련이 무너진 뒤 단장이 헐값에 사들인 유조선을 개조한 것이었다. 붉고 푸른 페인트가 율동적으로 거대한 선체를 감싼 모양이다. 갑판에는 대형 천막극장 '그랑 샤피토'가 70동의 컨테이너에 나뉘어 실려 있다. 움직이는 마을이다.

 화려한 음악과 함께 내가 공중을 날고 있었다. 서울행 고속버스에서 본, 우리 서커스단의 광고였다. 공중에서 네 바퀴를 돌아 반대편 그네를 잡는 고난도 동작이 끝나고 하얀 화면에 우리를 후원해 준다는 카드사의 마크가 찍힌다. 버스 창가를 바라본다. 아스테이아의 고향일지도 모를 이 나라가 마음에 들었다. 나는 여기서 아스테이아를 구해낼 생각이다.

내가 18살이 되던 해 우리 서커스단은 상파울루에 간 적이 있다. 나는 그 무렵 한참 주가를 올리고 있었다. 아스테이아와 단장을 제외한 우리 서커스 단원들은 완벽한 허벅지와 복근을 가지고 있었지만, 어째서인지 땅에서 발휘하던 힘을 공중에서는 발휘하지 못했다. 바닥이 없다는 건 그 움직임에 전혀 다른 감각을 요구했다. 나에게 공중그네는 지상보다 편하고 자유로웠다.

서커스 공연이 끝나고 단장은 나를 불러들였다. 단장은 덥수룩하게 기른 수염을 쓰다듬으며 만족스러운 눈길로 나를 응시했다. 그는 '정말 잘했다.'는 칭찬과 함께 주머니에서 뭔가를 꺼내 보였다. 그것은 가족사진이다.

나는 떨리는 손으로 사진을 집어 들었다. 어미의 품에 안겨 카메라를 올려다보는 아이와 불안정한 눈빛의 남자가 있다. 여자는 거적 데기 같은 옷을 두른 채로 눈가에 시커먼 멍이 들어 있다.

"네 부모다. 13년 만인가…. 아직 여기 살고 있더구나. 간다고 하면 말리지 않겠다만, 사진과 달라진 것은 없다. 여전히 약을 하고 네 어머니를 패고 있더군. 네 수고를 생각해서 돈을 좀 쥐여주긴 했다만, 며칠이나 갈지…. 네 부모는 너를 팔았지만, 나는 너에게 정당한 수당을 지급하고 온당한 대우를 해주었다. 너는 그럴만한 자격이 있으니까. 우리 같은 일류가 단원을 노예처럼 부릴 수는 없지. 네가 선택하도록 해."

알만한 사진이다. 아버지는 약쟁이였으며, 어머니는 멍청했고 우리 집은 가난했다. 부모는 단지 말을 하지 못한다는 이유로, 돈이 필요하다는 이유로 서커스단에 나를 기꺼이 팔아넘겼으리라. 나는 사진을 뒤집어두고 단장실을 나섰다.

*

서커스단을 운영하면서 가장 어려운 점이 뭔 줄 아나? 재주가 쓸 만해진다 싶으면 단원들이 빠져나간다는 거야. 초대 단장은 그런 면에서 천부적이었지. 나가려고 하면 전부 쏴 죽였거든. 2차 세계대전이 터지고 거리에 부랑자 장애인들이 넘쳐났을 때 단장은 그런 치들을 긁어모아 우리 서커스단을 만들었어. 유방이 세 개 달린 여자, 샴쌍둥이, 남녀의 성기를 모두 가진 사람, 난쟁이들. 사람들은 우리 서커스단을 '괴물 서커스단'이라고 불렀지. 중요한 사실은 사람이란 언제나 구경거리를 원한다는 거야. 전쟁 통에 당장 내일 죽을지도 모르면서 프릭쇼에 돈을 써 댔지.

단장은 서커스단을 좀 더 근대적인 모습으로 바꾸고 싶어 했어. 괴물 같은 녀석들을 치워버리고 아이들부터 체계적인 교육을 통해 기술자로 만들었지. 많은 자본과 노력이 필요한 일이었어. 화려한 막사에 놀라운 기술, 특히 중국에서 돈을 긁어 모으면서 '괴물 서커스단'은 '태양의 서커스단'이 되었지. 아이들이 좋은 건 간단해, 가르치기 쉬운 데다 아무것도 모르니까. 아이들은 자라서 큰돈을 벌어들였고 온전히 우리 서커스단을 확장하는 데 도움이 되었어. 그런데 TV가 대중화되면서 이런 식의 운영은 투자에 비하면 별 재미가 없었지.

3대째 서커스단을 이어받으면서 나는 본질에 집중했지 사람들은 언제나 구경거리를 원하니까. 모스크바 대학교에서 경영학을 배우고 역사를 공부했어. TV와 인터넷이 등장하면서 일류가 아닌 서커스단은 전부 망하고 말았지만 우리는 망하지 않았어. 초대 단장처럼 단원을 싹 죽이거나 2대 단장처럼 노동력을 착취하지도 않았지. '인권'이 중요시되는 세계니까. 그래도 어쩔 수 없는 게 있긴 하더군.

스티브 잡스를 좋아해 '사람들은 우리가 뭔가를 보여주기 전까지 자신들이 뭘 원하는지 모른다.' 멋진 말이지. 수요가 공급을 창출하는 세상은 한 세기 전에 끝났어. 적어도 이 분야는 공급이 수요를 창출해야 하지. 나는 단원의 수를 최소한으로 줄였어. 연극적인 요소를 도입하고 한 명 한 명을 예술가로 길러냈지. 그럴싸한 광고를 만들고 투자를 받아내고 표정 하나, 떨림 하나까지 캐치할 수 있는 고성능 카메라를 도입했어. 선택과 집중. 멋진 말이지.

아스테이아 말인가?

로마 제국의 멸망, 종교전쟁과 마녀사냥, 프랑스 대혁명의 공통점이 뭔 줄 아나? 전부 소규모 빙하기에 발생했다는 거야. 현실은 빙하기만큼 냉혹하지. 어제 귀족이던 여자가 내일 창녀가 되는 건 놀라운 일도 아니야.

세상에는 다양한 형태의 결혼이 있어. 영국 왕족은 권력과 재산을 독점하기 위한 근친혼 때문에 유전병에 걸렸고 러시아에는 여자를 납치해 결혼하는 약탈혼이 있었지. 일부다처제는 중동에서 흔해. 매년 14,000명의 소녀가 18세 이전에 강제로 결혼하기도 하지, 당신네 나라에도 조혼이 있었다더군. 난 아이들을 좋아해. 가르치기 쉬운 데다 아무것도 모르니까.

아스테이아는 내 정당한 노동의 대가였어. 나는 최소한, 아스테이아를 자유롭게 두었지. 어제는 '인민의 영웅'이었던 아버지가 하루아침에 변절자로 처형당하고 따라 죽게 될 운명이었던 여자를 내가 구원한 거야. 마리아를 구원한 예수처럼.

내가 역겹다고 생각하나? 하지만 누구에게나 취미는 필요한 법이야. 이런 작은 쾌락조차 없다면 삶에 무슨 의미가 있겠나?

아스테이아가 누구와 뭘 하든 자유롭게 둘 생각이야. 난 좋은 사람이니까.

 아스테이아는 형태가 없었다. 그것이 내가 동양인을 인식할 수 있는 한계이기도 했다. 어리고 여린 얼굴선에 비해 내면을 꿰뚫어볼 것만 같은 검은 눈이 곧은 머리카락, 알 수 없는 표정, 목소리와 함께 매 순간 변화하면서 형태를 알 수 없는, 빛을 바라보는듯했다.

 단장은 아스테이아에게 사회를 맡길 셈이다. 인건비를 줄이겠다는 얕은 수작은 아니었다. 우리는 일류였고, 아스테이아에겐 충분한 자격이 있었다. 아스테이아의 위치는 양측에 공중그네가 내려온 2층의 중심이었고 막사를 둘러싼 모든 곳에서 아스테이아를 볼 수 있다. 하얀 원기둥 위의 그녀는, 아찔하고 아름답다.

 알아들을 수 없는 말을 조잘거리는 아스테이아는 평소와 달리 생기 넘쳐 보였다. 나는 관객을 자처하며 아스테이아의 모습을 바라보았다. 신선한 목소리를 마이크를 통해 증폭시킨다. 그랑 샤피또는 그녀의 목소리를 온전히 담아내기 위한 주머니라도 되는 것처럼 느껴졌다.

 "예쁘지?"

 미트라는 옆에서 아스테이아를 바라보며 말했다. 나는 말없이 고개를 주억거렸다. 차가운 회색 눈이 잘 어울리는 여자다.

"이번 공연 끝나면 은퇴하려고."

나는 미트라 쪽으로 몸을 돌렸다. 그녀는 이제 스물아홉 살이다. 서커스단원, 그중에서도 공중그네나 줄을 타는 단원은 수명이 짧았다. 그녀는 아스테이아와 달리 스스로 자원해 단원이 된 여자였다.

"내 원래 이름은 유라 마커스야. 아버지는 태어날 때부터 없었어. 어머니도 세 살쯤 되던 해 세상을 떠났어. 일본에서 태어난 사람 중에 '마커스'는 나뿐이었지. 부모 없는 혼혈아로 살아가는 건 쉬운 일이 아니었어. 아이들은 나를 지독하게 괴롭혔어. 중학교에 올라가면서 필사적으로 영어를 공부했지. '데이비드 마커스'라는 가짜 아버지를 만들고 미국에서 사업을 하신다고 거짓말을 했어. 처음으로 친구도 사귈 수 있었고, 웃을 수 있었어."

미트라는 거기까지 말을 마치고 고개를 돌렸다. 우두둑- 하는 뼈 소리가 들린다.

"나머지는 다음에 말해줄게"

나는 가만히 그녀의 뒷모습을 바라보았다. 그녀가 말을 걸어오는 일은 잦았지만, 이렇게까지 진지하지 않았다. 은퇴를 앞두고 생각이 많아진 탓 이리라.

내가 다시 아스테이아를 바라보았을 때 그녀는 단장의 손에 이끌려 무대를 퇴장하고 있었다. 나는 그녀를 보며 생각했다.

저 손에서 너를 해방시켜줄게

 공연을 이틀 앞두고 단장은 하루의 자유시간을 주었다. 나는 렌터카를 빌려 아스테이아와 바다에 가기로 했다. 한국에 도착하고 운전면허 시험장을 찾아가 출입국사실 증명서와 운전면허증, 여권을 제시하고 국제 운전면허증을 발급해두었다. 내 아이폰에는 나와 아스테이아의 대화방이 있고 거기서 많은 이야기를 나누곤 했다.

 단장은 사업상 지인을 만나러 간다고 했다. 아스테이아는 내 옆에서 끊임없이 말을 걸고 또 눈을 깜빡였다. 우리에게 소통은 장애가 되지 않았다. 아스테이아는 소통에 천부적인 재능이 있었으므로 마음만 먹는다면 어떤 언어라도 금방 배우고 말 터였다. 아스테이아가 수화를 이해할 리 없었지만 나 역시 손을 움직여 대답을 해 보였다.

 우리는 차에 기대 영종도의 바다를 바라보았다. 아스라이 저녁노을이 지고 돌아갈 시간이 되었을 때 나는 아스테이아에게 모든 계획을 털어놓았다. '그에게서 너를 해방시켜줄게.' 아스테이아는 고개를 떨군다. 그 얼굴은 노을빛을 받아 더 슬프고 애잔해 보였다. 잠시 후 아스테이아는 나를 정면으로 바라보며 말했다.

 "죽여줄 수 있어?"

물론

우리는 아무 말도 하지 않았다.

나는 과속하지 않았다.

서커스는 무수한 합으로 이루어진다. 서커스에 사용하는 단검은 날이 살아있는 것이며, 불 쇼에 사용하는 솔벤트는 폭발물로 특별한 관리가 필요하다. 서커스단의 맹수는 맹수다. 호랑이 조련사는 팔이 하나 없다. 우리는 진짜 세계 속에서 환상을 만든다. 한 치만 삐끗하면 현실의 덫에 걸리고 마는 환상.

주어진 시간은 6분이다. 늙은 화약공에게 폭약과 솔벤트, 도화선을 훔치는 것은 간단한 일이었다. 졸고 있는 라오슈는 주변이 아무리 시끄러워도 깨는 일이 없었다. 나는 그에게 수화를 배웠다. 어렸을 적 화약 사고로 귀를 먹어 말을 배울 수 없었다고 했다.

나는 그날 공중그네에서 아스테이아의 허리를 낚아채는 기술을 선보일 생각이다.

*

연습을 끝낸 미트라는 단장실로 향했다. 계약을 마무리하고 퇴직금을 정산할 요량이다. 땀에 젖은 타이즈 차림에 어깨끈 아래로 드러난 등 근육이 갓 사냥을 끝낸 암사자를 연상시켰다. 호흡은 안정적이었지만, 단장실 문고리를 잡는 순간만큼은 심호흡이 필요했다.

단장은 기른 수염을 어루만지며 미트라를 바라보았다. 테이블에는 퇴직 일시금과 퇴직수당, 실지급액까지 명료하게 제시된 한 장의 서류가 있다. 미트라가 공연을 마치는 대로 그녀의 통장에 3만 5,114,32달러가 지급된다. 미트라가 사인을 마치자 단장은 포식을 마친 수사자 같은 웃음을 지어 보였다.

미트라는 단장의 새 애인을 지긋이 바라보았다. 이 새끼 고양이 같은 아이가 이곳을 온전히 빠져나올 수 있을까? 단장은 단원 그 누구에게도 본 모습을 보인 적이 없다. 작게는 벨트에 권총을 차고 다닌다든가 동물을 길들일 때나 쓸법한 채찍을 다른 용도로 사용한다는 것, 성적 취향이 확고하다는 것과 발기에 어려움을 겪는다는 것 정도. 미트라는 스물둘이 넘어서야 자기 숙소를 가질 수 있었다. 꾸준히 줄타기를 연습한 덕이었다. 단장은 수시로 애인을 바꾸었는데, 그녀들 중 서커스단에 남은 여자는 미트라 밖에 없었다. 그녀는 더 이상 단장의 새끼 고양이가 아니다.

아이들은 자꾸 줄어들었다. 서커스단의 그 누구도 그것에 관심을 두지 않았다. 미트라는 화물칸에 놓인 드럼통 속에 뭐가 들어있는지 알았다. 아이들이 줄어들수록 드럼통은 늘어났다. 알록달록한 유조선은 큰 항해가 있을 때면 바다에 드럼통을 내다 버렸다. '아이들에게 꿈을' 배에 쓰인 문구다. 미트라는 단장의 '사업상 지인'이 어떤 부류인지도 알았다. 그들은 대개 고아원과 이어진 브로커를 말했다.

단장은 두툼한 손으로 아스테이아의 머리를 쓰다듬었다. 한껏 위축된 얼굴로 미트라를 올려다보는 아스테이아를, 미트라는 외면했다. 자리에서 일어난 미트라는 단장실 문을 나서며 되뇌었다. '이곳에 출입한 자 모든 것을 잊을 것.' 단장의 말이다.

허기가 몰려왔다. 미트라는 냉장고를 열어 먹을 것을 찾는다. 은퇴를 앞두고 식단을 신경 쓸 리 없었다. 편의점에서 마음에 드는 것들을 내키는 대로 사두었다. 차가운 통조림 하나가 손에 잡혔다. 익숙하게 통조림을 깐 미트라는 둥둥 뜬 채 비릿한 냄새를 풍기는 골뱅이를 보는 순간 참을 수 없는 토기를 느꼈다. 화장실에서 몇 번이나 구역질을 해야 했다. 미트라는 거기서, 아스테이아를 본 것 같았다.

*

좀처럼 잠을 잘 수 없었다. 발길은 어느새 미트라의 숙소에 닿았다. 문을 두드리자 슬립 차림의 미트라가 얼굴을 내밀었다. 나는 그녀의 어깨를 밀어젖히며 입술을 핥았다. 부드러운 입술과 달리 어깨가 탄탄하다.

그녀를 침대에 눕히고 허벅지 사이로 몸을 붙였다. 다리가 골반을 감아왔다. 오래 줄을 탄 여자의 다리였다. 그녀는 몸을 움직여 자세를 바꾸더니 스스로 움직이기 시작했다. 젖은 몸이 버틸 수 없을 만큼 나를 빨아들였다. 나는 맥없이 사정하고 말았다.

샤워를 마치고 침대에 누웠다. 나른했지만 잠은 오지 않았다. 그녀는 내 쪽으로 몸을 누이고 이야기를 시작했다.

거짓말은 금세 들통 났다.

유라는 고아원에서 살았다. 아무도 혼혈아를 입양하려 하지 않았으므로 14살 유라는 고아원의 맏언니로서 온갖 잡일에 치이며 칭얼대는 아이들을 달래야 했다. 여름방학이었다. 평소처럼 아침을 배식하고 빨래를 널고 청소를 마칠 즈음 한 무리의 여학생이 고아원을 찾아왔다.

"유라야 여기서 뭐 해?"

유라는 아무 말도 할 수 없었다. 벽에 걸린 사진들 사이에 유라 마커스의 사진이 있다. 커다란 회색 눈의 소녀, 다음 학기 유라는 '미국에 사업하는 아버지를 둔 혼혈 친구'에서 '버림받은 거짓말쟁이 고아'가 되어 있었다.

가까스로 중학교를 졸업한 유라는 고아원에서 나와야 할 나이가 되었다. 여성보호센터의 도움을 받을 수 있었지만, 유라는 고아원에서 맡아둔 어머니의 사망 보험금을 기반 삼아 독립을 하기로 했다.

'사람이라면 이제 지긋지긋해'

유라는 생각했다. 친구도, 어른도, 아이도, 부모도 유라 마커스에게는 지긋지긋하고 증오스러운 대상일 뿐이었다. 단칸방을 구한 유라는 편의점 아르바이트를 하며 고졸 인정고시를 치렀다. 같은 해 치른 대학고사 성적도 원하는 대학을 지원하는 데 발목을 잡지 않았다. 유라 마커스는 거리가 가깝고 등록금이 싼 지방대학 영문과에 진학했다. 유라는 그즈음 많은 책을 읽었다고 했다.

물건을 진열하거나 계산을 하는 일을 빼면 유라의 차가운 얼굴은 책을 향해 있었다. 손님들도 구태여 말을 걸지 않았다. 유라는 자신이 고양이 한 마리로 충분한 인간이라고 생각했다.

유라는 매일 11시에 찾아오는 젊은 남자에게 문득 호감을 느꼈다. 담배와 커피, 가끔 맥주를 사 가는 남자는 유라에게 말을 걸어오는 몇 안 되는 손님이었다. 유라는 남자의 낮은 목소리와 따뜻한 미소가 좋았다. 대화는 점점 길어졌다. 온도는 달랐지만 비슷한 점이 많았다. 둘 다 고아였고 독서 취향이 비슷했다. 그도 삶이 '지독히 외롭다'고 말했다. 그의 말을 듣고 있으면 유라는, 자신이 녹고 있음을 느꼈다.

유라는 종종 남는 도시락을 주었다. 유통기한이 얼마 남지 않은, 폐기 직전의 것이었다. 그는 그것을 받아들고도 따뜻한 미소를 지으며 가게 문을 나섰다. 유라는 남자의 허리를 안고 싶은 마음을 다잡으며 책에 시선을 두었다.

　그러던 어느 날, 남자가 편의점에 오지 않았다. 처음이었다. '어디가 아픈가?' '사고라도 난 걸까?' 태어나서 처음으로 한 남 걱정이다. 12시가 가까워져 오자 유라 마커스는 맥주와 도시락을 챙겨 그의 집을 찾아갔다. 그의 집은 가게 맞은편으로 얼마 떨어지지 않은 빌라다. 우편함에서 그의 이름을 보고 호수를 찾았다. 그녀는 문을 두드렸지만 아무리 두드려도 반응이 없기에 현관문 손잡이를 돌렸다. 문은 부드럽게 열린다. 집안은 크고 휑뎅그렁한 공간에 단출한 가구뿐 아무것도 없었다. 집을 둘러보는데 문득 안쪽 방에서

　양 울음소리가 들렸다.

유라 마커스는 역시 앓고 있는 모양이라 생각하고 안방 문을 열었다. 거기서 유라가 본 것은, 양과 섹스를 하는 남자의 실루엣이다. 유라를 눈치챈 남자는 황급히 바지를 찾아 입었다. '툭'하고 맥주와 도시락이 담긴 봉지가 떨어졌다.

　"유, 유라 내가 다 설명할게"

　남자는 황급히 말을 이었다.

　"그러니까…. 남자가 양과 섹스를 하는 건 그리 특별한 일이 아니야…. 사실 오늘 좀 외로웠어. 16세기 선원들은 외로움 때문에 배에 양과 소년들을 태웠다고 해, 내가 하고 싶은 말은….

어, 나는 소년은 별로 좋아하지 않거든, 하지만 양은…. 유라 듣고 있어?"

"도대체 그게 무슨 말이에요?" 유라 마커스는 당황해서 말했다.

그는 어쩔 수 없다는 듯 바지를 벗기 시작했다. 남자의 성기가 유라의 시선을 끌었지만, 이내 하얗고 복슬복슬한 털과 이상하게 굽어진 무릎, 발 대신 자리한 검고 반질반질한 발굽에 시선을 빼앗기고 말았다.

"유라, 당신을 만나고 사람으로 살 수 있을 거라고 생각했지만……. 미안해. 난 이제 사람으로 살아갈 자신이 없어. 너무, 너무 외로워. 난 그녀와 함께 떠날 거야." 남자는 침대 위의 양을 애정 어린 눈길로 바라보았다.

"그녀를 닮은 아이를 낳고 풀을 뜯으며 사는 게 내 운명인 것 같아. 양꼬치가 되어 죽어도 좋아."

유라는 할 말을 잃었다. 반인반수라니, 16세기 선원은 뭐고 저 양은 뭔지, 아무것도 이해할 수 없었다. 남자의 집을 박차고 나온 유라는 집에서 한참을 울었다. 사무치게 외로웠다. 유일한 식구인 데이비드를 바라본다. '나라면 데이비드를 닮은 고양이를 낳고 한 마리 고양이로서, 행복한 삶을 살아갈 수 있을까?' 그것은 말도 안 되는 일이었다.

유라는 도쿄행 티켓을 끊었다. 아르바이트로 모은 돈을 모두 찾았다. 남자와 디즈니랜드를 가려고 했지만, 아무런 미련도 남아있지 않았다. 대학교도 필요 없다. 유라는 마지막으로 일류 중의 일류라는 '태양의 서커스'를 보러 갈 생각이었다.

유라 마커스는 거기서 외줄을 걷는 한 여자를 보았다. 오롯이 공중에 뜬 여자는 너무나 자유로워 보였다. 스크린은 그녀의 얼굴을 클로즈업해 보여준다. 마치 초인 같은, 아름다운 표정이다. 그 위라면 외로움 따위는 초월할 수 있을 것만 같았다. 유라는 집을 정리하고 단장을 찾아갔다. 유라 마커스는 그렇게 미트라가 되었다.

이야기를 마친 미트라는 이내 잠이 들었다. 나는 이불을 덮어주고 미트라의 숙소를 나와 내 숙소로 향했다. 피로가 몰려왔다.

*

"두 발을 땅에 디딘 채로 날 길 원한다면 단지 길어질 뿐이야."

목이 긴 소녀가 키 큰 소년에게 말했다.

"너는 사람이 하늘을 날 수 있다고 생각하니?"

위태로워 보이는 소년은 심각한 표정으로 말했다.

"아폴론은 달에 간 적도 있어."
소녀가 고개를 들어 하늘을 바라보았다.
하얀 아치형 이마가 건축물을 연상시킨다.

소년은 하늘을 올려다본다.
가늘고 긴 팔다리가 앙상한 나무처럼 보였다.

소년과 소녀는 달이 뜨는 모습을 지켜본다.
어스름을 지나 파랗게 물든 밤하늘이 소녀의 눈을 닮았다.

"넌 내가 하늘을 날 수 있을 거라고 생각해?"
위태로운 소년은 달빛을 받아 한층 창백해 보였다.

"넌 두 발을 땅에 디딘 채로 날 수 있다고 믿니?"
소녀는 답답하다는 듯한 표정으로 나뭇가지를 집어 들어 소년의 발치에 금을 그었다.
놀랍게도 그것은 절벽이 되었다.
"자, 여기서부터 추락선이야 뛰어내릴 수 있겠니?"

"모든 위험을 감수하고서?"
소년은 깎아지는 절벽을 근심스럽게 바라다보며 말했다.

"모든 위험을 감수하고서."
소녀는 결연하게 말하고서 절벽을 향해 작은 몸을 던졌다. 소년은 그 모습이 너무 아름다워서 넋을 놓고 바라보았지만 끝내 발을 떼지 못하고 길어질 뿐이었다.

그런 꿈을 꾸었다.

*

문제가 생겼다. 리허설 동안 단장은 사회자를 교체했다. 스폰서의 요구라고 했다. 스폰서는 아스테이아의 말투가 '이상하다'고 했다. 아스테이아의 자리에는 유명 연예인이라는 키 큰 여자가 마이크를 점검하고 있었다. 아스테이아의 휘파람 같은 목소리에 비하면 훨씬 굵고 단조로운 톤이다. 단장은 아스테이아의 가는 허리에 팔을 감은 채 단장실로 향했다. 아스테이아의 애처로운 얼굴이 나를 돌아본다. 오후 네 시가 되면 공연이 시작될 테고 나는 선택해야만 한다.

'구할 것인가 말 것인가.'

다시 한 번 조건을 되새겼다. 막사는 불에 타기 쉽다. 나는 단장실 반대편 기둥부터 화약을 심어두었고 불을 붙이고 2분이면 1차 폭발이 시작된다. 4분 후면 중간 기둥과 용마루가, 6분에는 단장실 기둥이 폭발하면서 막사는 완전히 무너져 내린다. 폭발이 실패할 가능성은 없다. 라오슈가 개발한 도화선은 결코 중간에 불이 꺼지는 법이 없다. 천으로 된 입구는 순식간에 무너져 내릴 테다. 일단 무너져 내리면, 빠져나올 곳은 없다.

대기실에서 순서를 기다리며 스크린을 바라보았다. 내가 메인이므로 앞으로 네 시간의 여유가 있다. 오프닝은 광대 분장을 한 단장의 인사와 코미디 수준의 쇼다. 원숭이나 코끼리 따위가 나오는가 하면 마술과 저글링이 주를 이룬다. 단장은 이것을 밑그림이라고 불렀다. 차츰 광고가 화려해지면서 더 높은, 고난도의 곡예가 펼쳐진다. 카메라는 무대를 둘러싼 수천 명의 관객을 스크린에 잡아두었다.

하루하루가 행복한 그들이 저 번듯하고 화려한 스크린 너머를 과연 볼 수 있을까? 성 노예와 다름없는 소녀와, 외로움으로 세상을 등진 채 외줄을 걷는 여자, 청각을 앗아간 폭약을 평생의 업으로 삼은 남자와 호랑이에게 팔 하나를 잃고도 남은 팔로 먹이를 준비하는 사육사, 아무 말도 할 수 없는 불만에 찬 남자가 있다는 걸, 과연 알 수 있을까? 단장의 스크린은, 철문처럼 단단하게 그 사이를 가로막아 두었다.

　나는 암전된 무대 가운데로 걸어 나왔다. 광대분장을 했지만, 우습기보다는 기괴한 얼굴이다. 분장은 얼굴의 화상을 막아준다. 옷에는 방염처리가 되어있고 온몸에 불을 붙여줄 특수 피복을 덧입었다.

　오케스트라의 비장한 음악과 함께 불꽃이 솟아오르자 무대 양쪽에 감추어진 케이지에서 카인과 아벨이 어슬렁어슬렁 걸어 나왔다. 스테로이드를 넣은 고기를 먹으며 자라난 두 괴물은 꼬리를 뺀 몸길이만 4m에 이른다. 특히 카인은 조련사의 팔을 해치운 뒤로 한동안 공연에서 제외되었다가 오늘 다시 복귀했다. 녀석은 사람 고기 맛을 알았다.

　우리는 진짜 세계 속에서 환상을 만든다.

　횃불을 빠르게 회전시키며 두 마리 호랑이를 응시했다. 샛노란 호안이 사선으로 꼬나 보며 빈틈을 찾는다. 춤을 추는 것처럼 보이겠지만, 이렇게 움직이지 않으면 죽는다. 사람들은 본능적으로 그 차이를 감지한다. 위기는 아름다움을 만든다고 단장은 말했다.

　카인은 등허리를 세우고 과감하게 육박했다. 나는 투우를 하듯이 카인을 홀리고 입안의 튜브를 깨물어 횃불에 분사한다. 커다란 불길, 카인이 아니다. 불길은 무대 중심의 기둥에 닿았고 마침내 설치해 둔 도화선에 불이 붙었다. 앞으로 6분, 호랑이 따위와 놀아줄 시간이 없다. 나는 특수피복에 불을 붙이고 장치대 쪽으로 질주했다. 카인이 맹렬하게 따라붙었지만, 몸에 붙은 불길에 더는 다가오지 못했다. 장치대는 새총과 같은 원리다. 몸을 누이고 버튼을 누르자 불붙은 몸이 13m 위로 쏘아 올려졌다. 환호성이 쏟아진다. 곧장 공중그네를 잡은 나는 온몸의 무게를 실어 다음 그네로 다음 그네로 빠르게 도약했다. 채 2분이 걸리지 않아 마지막 그네에 닿았다. 단장은 황당하다는 표정으로 나를 바라보았다. 단장실은 판옵티콘과 다를 바 없었다. 아래로는 모든 것을 볼 수 있고, 아래서는 아무것도 볼 수 없다. 이렇게 곡예를 하지 않는 이상, 나는 그네를 크게 뒤로 빼고 반동을 이용해 몸을 날렸다. 창문 깨지는 소리 대신 폭발음이 귀를 때렸다.

 특수피복은 전부 연소했다. 단장은 창문 너머를 황망하게 바라보았다. 막사 1/3이 붕괴한 그곳에 불길과 연기가 일었다. 째지는 비명이 들린다. 가슴을 드러낸 아스테이아를 살피고 발목에 숨겨둔 단검을 뽑았다. 짐승 같은 놈이다. 단검을 던지려는 순간 단장은 아스테이아를 붙잡고 관자놀이에 권총을 들이댔다. 38구경 리볼버, 남은 시간은 3분, 러시아어로 욕설을 지껄이고 있는 단장을 어떤 식으로든 제압해야 했지만, 방법이 없다. 광대 분장을 한 단장과 나는 반라의 아스테이아를 사이에 두고 대치했다.

 두 번째 폭발음이 들렸다. 막사는 반파 되었지만, 아직 쓰러지지 않았다. 스크린은 여전히 광고를 영사한다. 더는 미룰 수 있는 시간이 없었다. 그때 내 눈길을 끈 것은 아스테이아의 손이었다.

'내가 3을 세고 몸을 숙이면 그때 단검을 던져.'

수화다. 아스테이아는 손가락을 하나씩 접기 시작했다.

'1, 2, 3.'

단검은 정확히 세 바퀴를 그린 뒤 단장의 이마에 꽂혔다. 총성이 들리긴 했지만, 아스테이아는 웅크린 채 몸을 떨 뿐 총에 맞지 않았다. 몇 초가 남았을까, 망설일 시간이 없다. 나는 아스테이아를 일으켜 세우고 단장의 머리에 박힌 단검을 뽑아들었다. 시뻘건 피와 뇌수가 엉겨왔다. 단장실 외벽을 단검으로 찢었다. 13m 위, 몸을 던질 수밖에 없다. 나는 아스테이아를 끌어안았다. 두려움에 가득 찬 눈길이 나를 올려본다.

"뛰어내릴 수 있겠어?"

물론

나는 그대로 몸을 던졌다. 오랜만에 느끼는 감각이었다. 내가 어려서 자주 떨어졌을 때, 안전그물을 등으로 받아내던 감각을 기억한다. 공중에서 몸을 비트는 1초, 1초가 영원처럼 느껴졌다. 아스테이아를 안은 채로 몸을 다 비트는 순간 폭음과 함께 단장실 쪽에서 화염이 솟아올랐다. 아스테이아는 더욱 내 품으로 파고든다. 그녀를 위해서라면 죽어도 좋다. 마지막으로 마주친 아스테이아의 눈은, 마침내 심연이 되었다.

*

눈이 부셨다. 붉고 형체가 없는 빛이다. 붉은빛이 얼룩지기 시작하자 온몸에 격통이 느껴졌다. 살아있었다. 손가락이 움직였다. 발가락도 마찬가지로 움직였다. 상체를 일으키자 부드러운 감촉이 미끄러지는 게 느껴졌다. 따뜻하다. 익숙한 향기가 났다. 눈은 아직도 완전히 회복되지 않았다. 나는 그 부드러운 형체를 더듬어 보았다. 뜨겁고 끈적한 액체가 배어 나온다. 형체는 점점 제 모습을 찾아가고 있었는데, 나는 차라리 눈을 뽑아 버리고 싶은 충동을 느꼈다.

아스테이아다.

내가 등으로 받아냈다고 생각했던 땅에 아스테이아가 깔려 있다. 붉은 피 웅덩이에 하얗게 드러난 아스테이아의 얼굴은, 형태가 없었다. 인공호흡을 하려고 가슴을 누르는 순간 몸이 가라앉았다. 갈비뼈가 산산이 부서진 탓이었다.

다시 폭음이 들렸다. 나는 무릎을 꿇은 채로 고개를 돌렸다. 붉게 타오르는 막사에서 몇 개의 불꽃이 하늘을 가로지르며 솟아올랐다. 피날레로 쓰이는 폭죽. 폭음과 함께 온통 붉은빛이, 붉은빛이 하늘을 뒤덮는다. 붉은빛은 한강에 스며들었다. 막사가 타오르는 열기가 끼쳐온다. 살 타는 냄새, 비명이 들린다.

대교에는 붉은 트럭 여러 대가 사이렌을 울렸다. 한강 둔치와 대교 위의 시민들이 하늘을 올려다본다. 몇몇은 사진을 찍기도 했다. 막사는 폭죽을 몇 차례나 더 쏘아 올렸다. 내 눈에 비친 것은 어떤 기술로도 탈출할 수 없는 막막하고 붉은 장막이었다.

샌드위치 매니아의 슬픔

나는 원래 햄버거 매니아였다. 내가 샌드위치 매니아가 되기로 한 이유는 햄버거보다 단가가 절반 저렴하고, 굳이 시내로 나가지 않아도 자취방 근처 편의점에서 구매할 수 있었기 때문이다. 종류도 다양하고 맛까지 좋은 데다 왠지 햄버거보다 건강한 느낌이 드는 샌드위치는 햄버거의 더할 나위 없는 대체식품이었다. 나는 햄버거 대신 샌드위치를 사 먹는 자신의 건강함과 알뜰함에 감탄하면서 만족스럽게 샌드위치 포장지를 뜯었다.

가격 부담이 적었으므로 4시~5시쯤이면 간식으로 늘 샌드위치를 사 먹곤 했다. 허기 이상의 공허감이 채워지는 이 시간이 나는 언제나 만족스러웠다. 심리 저변에 삼각형 모양으로 뚫린 구멍이 있어서 이곳에 샌드위치를 채워 넣어야 할 것 같은 이상한 의무감이 들기 시작한 건, 이 습관을 일주일째 유지하면서부터다. 그때쯤 샌드위치는 내 일상과 떼려야 뗄 수 없는 불가분의 관계되어가고 있었다.

그러던 어느 날 이 구멍에 문제가 생겼는지 샌드위치를 채워 넣고도 뭔가가 모자란 기분이 들기 시작했다. 이틀은 그럭저럭 버텼으나 2시가 되어도 잠이 오지 않는 그날은 정말 미칠 경이었다. 뭔가를 채워 넣고 싶다는 욕구가 수면욕을 압도하고 있었다. 나는 양 세기를 포기하고 추리닝에 삼선 쓰레빠를 질질 끌며 자취방 앞 편의점에서 샌드위치를 하나 사 왔다. 배가 고프면 잠이 안 오는 법이라고 아빠는 늘 말씀하셨다.

정말 배가 고팠나?

포장을 찍찍 벗기고 샌드위치를 한입 베어 물자 위 같은 의문과 이상한 욕망을 의식할 새도 없이 가라앉았다. 햄 감자 샌드위치의 부드러운 풍미, 마요네즈의 질감이 혀에 감겨온다. 만족스러움과 피곤함이 밀려온 나는 드디어 잠을 청할 수 있을 것 같은 기분이 들었다.

아마도 그날이 기점이 되지 않았을까? 하루에 한 개씩 사 먹던 샌드위치는 야식까지 포함해 두 개로 늘었고, 시험 기간이 닥치면 스트레스에 3개에서 4개까지 사 먹곤 했다. 사정이 이렇다 보니 햄버거보다 저렴한 샌드위치라도 결코 무시 못 할 지출이 되었다. 샌드위치를 사면 음료를 할인해주는 행사라도 할라치면 500원을 더 얹어 2,500원씩(사실 편의점의 비싼 음료 값을 고려해보면 할인도 아니다.) 2~3번의 지출이 있었으므로, 집에서 보내주는 용돈 20만 원으로는 턱없이 빠듯한 생활고에 시달리게 되었다.

인터넷을 돌아다니다가 한 사이트에서 담배의 기회비용이라는 게시물을 본 적 있다. 하루 담뱃값을 아껴 할 수 있는 일을 나열해 두었는데, 스크롤을 내릴수록 푼돈의 기회비용은 어마어마한 증가세를 나타냈다. 그렇게 20년을 모으면 신형 중형차를 한 대 뽑는다나? 티끌 모아 태산이라고 하지만 반대로 생각해보면 푼돈이 목돈을 좀먹는 것은 순식간이란 해석도 가능해진다. 내 생각이 여기까지 닿은 이유는 보름이 조금 지날 즈음 집에서 보내준 용돈을 전부 탕진했기 때문이다. 치약 살 돈이 없어서 강구한 대책이 스킨푸드로 이빨을 닦는 것이었다. 약간 비누기가 느껴지는 것을 제외하면 그럭저럭 괜찮았다. 밥은 집에서 보내준 쌀과 김치로 해결했고, 친구는 원래 없었으므로.

일주일을 그렇게 보낸 덕에 스트레스가 최고조에 도달할 무렵 통장에 용돈이 들어왔다. 5만 원을 찾은 나는 곧바로 편의점에 들러 즐겨 먹던 햄 감자 샌드위치와 데리야끼 닭가슴살 샌드위치를 구매해 게걸스럽게 처리하고, 저녁에 치킨을 시켜 먹었다. 그래도 모자란 기분에 야식으로 샌드위치를 하나 사 먹었는데 희한한 것은 그날따라, 늘 그래 왔지만, 더 심한 불면증이 찾아왔다. 웹 서핑을 가장한 도피도 불가능할 정도로 처참한 기분이 들어서 아무 이유 없이 울었다. 샌드위치 하나로 꼭 맞던 구멍이 이제 뭘 욱여넣어도 채워지지 않는 블랙홀처럼 느껴졌다. 욕설을 주문처럼 읊으며 이 좆같은 상황을 자위하려 했지만, 시간은 이미 4시를 지나고 있었다. 나는 잠든 지도 모르게 잤고, 다음날 모든 수업을 재꼈다.

내가 언제부터 이렇게 궁상맞은 사람이 되었는지, 뭐가 잘못되었는지 몰랐다. 앙상한 일상을 채색하기엔 정서가 너무 말라붙었다. 뇌의 보상체계에 문제가 생긴 것이 아닐까? 막대한 대가와 터무니없는 보상에 진저리가 난 나는 기분전환도 할 겸 산책을 하기로 했다. 물론 샌드위치도 챙겨간다. 휴대성까지 좋다.

 샌드위치에 중독성이 있다는 말을 들어본 적이 없다. 알코올도 카페인도 없이 어떻게 그것이 가능한지 알지 못했다. 산은 아무런 답도 제시해 주지 않았다. 상쾌하다거나, 진정된다기보다 다리만 아파져 오는 것이다. 새들조차 비웃는 듯했다. 사람도 보이지 않았다. 산이 아니라 사막을 걷는 것 같은 기분에 되돌아가려는 순간, 나는 낙타가 돼 있었다. 샌드위치 두 개를 허리에 올린 쌍봉낙타. 새소리는 스산한 바람 소리가 되었다. 나무들이 사라진 길에 덤불들이 굴러다닌다. 거대한 사구가 서서히 회전하는 환영을 보았다. 작열하는 태양이 순식간에 혹을 녹여버리고 탈진한 나는 사구 속으로 빨려 들어간다. 모래마녀다. 마녀의 얼굴은 눈에 익었다. 단골 편의점 오후 알바를 하는 아르바이트생, 거대한 낫을 든 그녀가 그 자루로 사구를 휘젓는다. 마녀와 같은 웃음소리가 들린다. 모래를 담은 단지가 끓는다. 모래에 내 욕망과 닮은 재료들이 쏟아진다. 만들어질 묘약의 이름은 무無다.

 나는 허물어져 가고 있었다. 헌데 갑자기 마녀는 휘젓기를 멈추고 낫을 빼 들었다. 올려본 하늘에서는 마녀의 실루엣과 미지의 키 큰 남성이 공중전을 펼치고 있었다. 그 남자의 실루엣이 눈에 익었으나 내리쬐는 부신 햇살 때문에 제대로 보이지 않았다. 거대한 낫의 궤적을 아슬아슬하게 피하는 사내는 마녀와의 거리를 좁혀가더니 마녀의 얼굴에 '무언가'를 쑤셔 박아 넣었다. 마녀의 검고 긴 머리가 잠깐 뒤로 흩날렸다가 부드러운 곡선을 그리며 휘날린다. 추락하던 마녀는 공중에서 모래가 되었다.

다시 눈을 뜬 곳은 익숙한 장소다. 실내의 가판대와 벽에 그려진 붉은 m짜가 독특한 폰트로 찍혀있다. 원색의 자극적인 실내 디자인과 미끈미끈한 흰 벽면이 차갑게 느껴지는 곳이다. 가판대 문이 열리고 키 큰 사내가 걸어온다. 붉은 아프로 머리의 광대, 마찬가지로 희고 붉은 패턴의 멜빵바지, 루주를 과장되게 바른 그는 어떤 표정을 지어도 웃는 얼굴이다. 로날드다. 양팔에 들린 해피밀 세트가 보인다. 로날드가 빅맥을 포장지째 집어 올리더니 놀랍게도 분노한 얼굴로 말했다.

"햄버거를 사 먹어 병신아!"

소스라치게 놀라 일어난 곳은 내 방이었다. 입가가 둔탁한 물체에 얻어맞은 것처럼 얼얼했다. 방 한구석에 샌드위치를 넣어둔 백팩이 보인다. 잠깐 쉬었다 간다는 것이 잠이 들었었나 보다. 시간은 오후 3시쯤이다. 등산을 가기엔 충분한 시간이지만, 그럴 마음이 싹 가셨다. 산에 가서 먹으려 했던 샌드위치를 움켜쥐고는 쓰레기통에 던져 넣었다. 나는 그날 맥도날드에 갔다.

리버힐
2시간 45분

08:00

이*준님 의정부역 리버힐아파트
101동 160호에 당첨되셨습니다
(청약 Home 〉 당첨조회)

7시 30분 출근 준비를 마치고 현관문 앞에 섰을 때 받은 문자였다. 현실감이 느껴지지 않았다. 물구나무를 서서 봐도 뒤구르기를 하고 봐도 공중제비를 하고 봐도 당첨이다.
"여기 되기만 하면 로또인 거 아세요?"
회사 동료가 알려준 청약사이트에서 마우스 클릭 몇 번으로 신청한 청약이 당첨될 줄은 몰랐다.
처음에는 기쁘기보다 낯설었다. 낯선 사람이 반가운 체를 하며 손을 흔드는 듯한, 비현실적인 느낌이 들었다. 나는 문자를 캡처하고 자취방 현관문을 열었다. 신청한 기억이 안 나는 걸로 봐선 회사에서 몰래 신청한 청약이지 싶었다.
강북구에서 서울역까지는 오십 분 정도가 걸린다. 골목을 따라 구옥 빌라촌을 올라가다 보면 강북구청 주변으로 식당가와 유흥주점들이 자리해 있다. 좁다란 골목 전신주 아래 토사물을 쪼아 먹는 비둘기, 밤새 길고양이와 쥐들이 파티를 벌였을 쓰러진 음식물 쓰레기통이 눈에 들어온다. 걸어가는 사이 아버지에게 전화를 걸기로 했다. 퇴근 후엔 종종 걸었어도 아침부터 걸긴 처음이다.

"나 청약 당첨됐어."

"청약? 무슨 청약"

"의정부에 리버힐이라고 넣었는데 오늘 됐네?"

"그래? 잘됐다. 평수는 몇 평이나 하고?"

"나도 잘 모르겠어. 방금 문자만 받고 출근하는 길이야 대출이랑 이것저것 알아봐야 할 것 같은데 보고 알려줄게"

"그래 출근 잘하고 잘됐다. 고생했고."

전화를 끊고 포털에서 찾아본 집은 3억에 64.9제곱미터, 20평이다. 서울에서 이런 집을 구하려면 최소 6억 7억은 주어야 한다.(구옥 이거나 오래된 중소형 아파트다) 3억이 저렴해 보이는 착시와 함께 얼굴 근육이 팽팽해졌다. '행복하다' 행복이라는 감정을 있는 그대로 느낀 게 얼마 만인지, 모르겠다.

08:17

오이도, 오이도행 열차가 도착했습니다.

미어터진다.

언젠가 만원 지하철에서 겪는 스트레스가 최전선에서 병사들이 겪는 스트레스와 같다는 이야길 들은 적이 있다. 3년째 오가는 통근 지하철이지만, 도저히 적응할 수가 없다. 이어폰으로 귀를 막고 휴대폰을 쳐다보는 것이 그나마 정신 줄을 잡을 수 있는, 거의 유일한 방법이다. 그래도 오늘은 어쩐지, 이런 서울 생활이 생경하고 아름답기만 하다.

부사관으로 군에 입대해 5년간 모아 나온 돈이 6천만원 이었다. 27살, 2017년 전역 직후에 대출 없이 원룸 전세를 잡아 다시 취업 준비를 하는데 꼬박 2년이 걸렸고, 두 번째 전셋집을 알아보면서 대출을 받아야 했다. 나는 취업 준비로 2년간 천만 원을 까먹었는데, 그사이 전세는 씨가 말랐고 그나마 있는 전세는 기천 만원이 올랐다. 대출로 8천만 원을 받은 이유다. 나는 그러니까, 자격증이며 취업 준비를 할 게 아니라 주식을 하든 코인을 하든, 또는 대출을 받아 집을 사든 해야 했다.

어렵게 취업한 회사에서 꽤 오래 근속하긴 했어도 최저 시급에 가까운 월급으로 서울에서 자취를 시작한 이상 돈을 모으기는 어려웠다. 내 능력이 거기까지인걸, 인정할 수밖에 없었다.

"저 청약된 거 같은데"

단체 카톡방에 캡처해둔 청약 당첨 문자를 올리곤 말했다.

"헐, 대박 ㅋㅋㅋㅋㅋㅋ" "오오 뭐여?" 같은 격한 반응이 올라왔다. 춤추는 다람쥐 이모티콘을 보내곤 "영끌각"이라고 답했다. 아파트를 검색해본 몇몇은 '진짜 괜찮다'는 반응부터 집들이할 때 50연발 폭죽을 들고 가겠다는 반응까지 참 볼만하다.

'우선 주식부터 빼자'

올해부터 시작한 주식 계좌는 전부 마이너스, 파란불이었지만, 손해를 감수하고서라도 목돈을 마련해둘 필요가 있었다. 왜 하필 이럴 때 금리 인상이니 전쟁이니 하는 이슈들이 터지는지 알다 가도 모를 일이다.

주식을 다 팔면 400만 원, 청약 저축 350만 원, 월급까지 천만 원.. 계약금 만으로 2천만 원을 더 마련해야 하는데 그건 여기저기 손 벌린다 치고, 나머지 대출은 또 어떻게 받을 것이며, 분양을 받고 나면 전세를 줄지 월세를 줄지, 아니면 내가 들어가 살지를 고민하다가 문득 최근 대출이 어려워졌다는 뉴스를 본 기억에 잠시 골머리를 앓았다.(다행히 단톡에서는 대출이 완전히 잠기지 않았다는 이야길 해주었다.)

'헉 대박' '대박!!!!!!' '짱이다 축하해!!!!' 요란한 카카오톡이 울려왔다.

여자친구다. 카카오톡 메신저에는 수십 마리 토끼가 폭죽을 터뜨리고 장구를 치며 춤을 추고 있었다.

'야 너무 잘돼따ㅜㅜㅜㅜ 청약 당첨되기 어렵다는 데 되다

닝!!'

 여자친구의 격한 반응에 나 역시 춤추는 다람쥐와 북 치는 다람쥐, 폭죽을 터뜨리는 다람쥐를 소환했다. 이모티콘이란 참 요긴한 것이다. 미어터지는 지하철 안에서도 폭죽을 터뜨리고 북을 칠 수 있게 만들어주니 말이다. 하루라도 빨리 메타버스가 실현되고 자택 근무가 기본값이 되어 새로 입주한 아파트에서 지지고 볶을 날이 어서 왔으면 좋겠다고, 생각했다.

 이제 해결해야 할 게 많다고 말하곤 당첨된 집의 이미지를 전송했다. 64.9제곱미터지만 신축에 위치가 좋고 깔끔하다. 여자친구는 '방이 3개'라는 사실에 감동한 듯했다. 나는 "수저만 가지고 와"라며 평소 하던 농담을 건넸다.

 이번에는 호기 어린 진담에 가까웠다. '그냥 집에 수저만 가지고 와'라고 말해도 '내 짐이랑 옷들 때문에 안될걸?' 이렇게 대답했고 나 역시 현실적으로, 아무리 신혼부부라 해도 10평짜리 원룸에서 시작한다는 건 어불성설이라고 생각했다. 그 10평짜리 원룸 전세가가 1억 2천만 원인 건 더 어불성설이지만,

 "악ㅋㅋㅋㅋㅋ 어떻게 수저만 가지고 가⋯." "살림살이 필요하겠네!"

 카카오톡 메신저 화면에 다람쥐가 춤을 추었다.

 누군가 인생은 지하철 같다는 이야기를 한 적이 있다. 지옥 같다는 말을 참 교양 있게 한다고 생각했지만, 그 뜻은 그저 앞

으로 나아가는 것처럼 느껴져도 막상 내려서 철도를 돌아보면 수많은 굽이가 있더라는 말이었다.

데이트를 하고 집으로 돌아가는 지하철에서 머리를 기대면 나도 머리를 기대고, 바래다주고 돌아와서는 함께할 미래에 대해서 잠시 기대하고, 또 아침이면 출근 지하철에 몸을 실은 채 함께할 다음 주말을 기대하곤 했다. 시간은 빠르게 지났다. 서른둘, 서른셋이 되도록 결혼 이야기를 입 밖에 꺼내지 못했다. 이번일 만 잘 끝내면, 우리가 닿을 수 있는 곳이 있을 법도 하다는 생각에 미쳤다.

08:50

"저 청약 당첨됐어요."

회사에 도착하자마자 한 말이다. 이미 메신저로 소식을 본 직장 동료는 너무 잘 됐다고, 부럽다고 말했다. 청약 방법을 알려준 동료는 눈이 커졌다. 팀장님은 '빚 갚으려면 오래 근속해야겠네?'라고 말하는 것이었다.

"네 회사 오래 다녀야 할 것 같아요!"

힘차게 말하곤 컴퓨터를 켰다.

팀장님은 예전에 퇴사한 동료 직원이 현재 의정부에서 공인중개사를 하고 있으며, 번호를 알려주겠다고 했다. 나도 어떻게 해야 할지 감이 잡히지 않았기에 크게 고개를 끄덕이며 웃어 보였다. 역시 이럴 땐 가정을 이룬 분들이 잔뼈가 굵다.

  9시부터 회의를 한다. 눈은 팀장님을 마주 보면서 한 손으로 파티션에 기대 주식을 전부 팔았다. 430만 원을 투자해서 400만 원을 건졌다. 너무하다는 생각이 들긴 했지만, 아파트만 계약만 잘되면 얼마나 오를지 모르는 마당에 단돈 얼마라도 현금을 만들어둬야 했다. 회의 내용은 귀에 들어오지 않았다.

  애초에 회의를 제대로 들은 적이 있었던가?

  3년을 일해도 근속 수당 5만 원에, 최저임금과 식대 10만 원이 전부인 회사에서 어떻게든 아득바득 살아보려고 남들이 꺼리는 일까지 자원해가며 수당을 타냈다. 날로 부동산은 오르고 '벼락 거지'라는 말이 등장한 이 시국에, 이 정도 월급으로는 숨만 쉬고 모아야 30년쯤 뒤에나 집을 살 수 있을 텐데, 그마저도 오르는 추세를 봐서는 죽기 직전에나 살 수 있을 것 같다. 그야말로 먹고살려고, 죽지 못해 다니는 수준이지 일에 열정이 있을 리 없었다. 그나마 사람들이 좋고, 오래 다닌 덕에 정을 붙일 뿐이다.

  '제발 이번 아파트 계약만 잘돼라 그럼 회의도 똑바로 듣고 자원봉사도 하고 진짜 사람처럼 산다.'

  프로젝트에 대해 말씀하시는 팀장님과 눈을 마주치고 머리를 끄덕거리며 한 생각이다.

"민준님은 시간 날 때 틈틈이 잘 알아보고"

회의가 끝나고 팀장님이 지나가며 슬며시 말을 건넸다. 애사심이 아주 조금은 솟아올랐다.

09:30

업무용 프로그램과 엑셀을 켜놓고 분주히 키보드를 놀렸다. 서당 개 3년이면 풍월을 읊고 직장인 3년이면 일하는 척 정도는 아무것도 아니다.

듀얼 모니터 한쪽에는 엑셀 모양 카카오톡이, 나머지 한쪽에는 주택 담보 대출과 관련한 홈페이지가 켜진다. 아무것도 모르면서 중소기업 취업자 전월세 대출을 받았을 때도, 서울에서 두 차례 이사할 때도 꼭 서류 한두 개를 놓치거나, 날짜를 하루 이틀 놓쳐 무수히 발품을 팔아야 했다. 부동산 허위 매물은 또 왜 이렇게 많은지. 전세금 1억에 새하얀 내장재로 마감된 복층 원룸을 보러 갔다가 아직 도배도 마무리되지 않은, 시멘트 벽면이 다 드러난 공사 중인 원룸을 보고 온 적도 있다.

이번만 정신 차리면, 이번만 잘하면 그 고생도 끝이었다. '그래도 발품은 팔아야 해' 팀장님께 들은 말이다. 결국 부동산을 방문해야 하긴 하겠지만, 그전에 최대한 정보를 모아보기로 했다.

[t전화 연락처 공유]

이름 : 김진우

휴대폰 : 01069XX731XX

팀장님이 메시지로 공인중개사님 연락처를 공유했다.

영끌, 기회만 있다면 영혼을 끌어모아 집을 산다는 말이었다. 집에 영혼을 가져다 바치게 되는 시대가 올 줄 몰랐다. 어쩌다 '집'이 영혼을 바쳐서 얻어내야 하는 금융 상품이 된 것인지 도저히 이해할 수가 없다.

지난 6개월 동안 서울 아파트값은 1억이 뛰었다. 월급 200충인 내가 매달 136만 원씩 6년을 모아야 1억이 되는데, 당장 주변에 5년 10년 된, 심지어 15년 된 아파트도 5~6억을 우습게 넘기는 마당에 좀 작긴 하지만 신축 20평대 아파트가 3억 분양가로 당첨된 건 그야말로 하늘이 도운 것이라고, 영혼은 발끝부터 정수리까지 그러모아 팔더라도 잡아야 할 기회라고 되뇌었다.

먼저 금융감독원 홈페이지에 접속했다. 이런저런 메뉴들을 뜯어보다 '금융상품 한눈에'라는 메뉴가 눈에 들어왔다. 클릭해보니 예적금 부터 실손 보험까지 좌르륵 메뉴가 펼쳐진다. 나는 '주택담보대출'을 클릭하고 조건을 입력했다. '주택가격' '대출금액' '대출 기간' '주택 종류' '금리방식'(당연히 고정 금리다.)을 기재하자 70% 대출기준 2.8% 이율, 월평균 상환액 56

만 원으로 감당할 수 있는 이율이 나왔다. 이렇게 14년을 앞당길 수 있다는 게 놀랍기만 하다. 아파트는 사자마자 프리미엄이 붙을 것이고 GTX, 역세권 호재가 있는 데다 날로 수요가 늘어나는 중소형 아파트이니 아파트가 돈을 벌어줄 것이다.

예전엔 애가 자기 먹을 걸 자기가 가지고 나온다는 말이 있었지만, 요즘엔 아파트가 자기 집값을 가지고 나온다.

1억이 남았다. 이건 내가 어떻게 든 감내 해야 하는 금액인데, 우선 깔고 앉은 전세금이 5천만 원이었고 현금으로 쓸 수 있는 돈은 주식으로 뺀 400만 원과 청약 저축 금액 300만 원뿐이었다. 70% 대출을 땡기고 그동안 모은 돈을 다 깔아도 4,900만 원이 남는다는 게 씁쓸하기만 하다.

긍정적으로 생각하면, 이번일 만 잘 해결된다면 나는 어린 시절, '제대로 살 수 있을까?' 했던 우려와 달리, 정규직에(박봉이지만), 애인도 있고 자가도 있는, 제법 사람다운 삶을 살아갈 수 있을 것이었다.

무슨 짓을 해서라도 나머지 4천9백만 원을 구해야 한다. 여자친구는 2천만 원 정도 돈을 모아두었다는 이야기를 해준 적이 있다. 하지만 결혼도 안 한 상태에서 여자친구 돈을 빌릴 수는 없다. 아버지와 친척들? 아버지는 여윳돈이 있을지 모르겠고 친척들과는 거의 왕래가 없었다. 너무 나 혼자 살아버렸다. 왜 이따위로 살았을까 하는 자책감이 몰려왔다. 중요할 때 손 벌릴 사람 하나 없는 삶은 비인간적이었다. 이번 계약만 잘 마무리되면 매달 기부도 하고 친척들도 챙기고 교회든 절이든 모스크든 나갈 준비가 되어있다.

09:40

지난 주말, 여자친구와 뚝섬 공원에 누워 지나가듯 딩크에 대해서 이야기했다. '난 좋은데, 정말 괜찮아?'라고 되묻는 말에 '고민이 많지'라는 말로 운을 떼곤 이야기했다. 여자친구는 '나는 그래도 사랑하는 사람이 가족을 원한다면…'이라는 뒷말이 이어졌다. 나는 자리 잡고 사려면 우리가 같이 돈을 벌어야 하는데, 사실 둘이 벌어 살면 그럭저럭 살 만하겠지만, 아이가 생기면 어려울 거라고 말했다.

만약 결혼과 아이를 계획한다면 2~3년 안이어야 할 텐데, 그때까지는 현실적으로 어려운 부분이 많았다. 여자친구도 수긍하는 듯 눈을 깜빡였다. 회사에서도 뽑을 사람은 많다. 차라리 사십 대쯤 되어서 모든 문제가 마법처럼 해결된다면 입양이 차라리 괜찮지 않을까? 하는 말까지 나왔다. 아무것도 손에 들려주지 못하고 세상에 내보내는 것은 너무 무책임한 일이라고, 유산처럼 거창한 것은 아니더라도 짐이 되어서는 안 되고, 필요할 때는 도움도 줄 수 있을 정도로 여유를 가져도 삶이 만만한 게 아니다. 구체적인 금액까지는 이야기하지 않았지만 대충 2억 정도를 같이 모으면 사십 대가 될 것이었고,(그래도 집을 구하기 힘들 테다) 그 후에는 현실적으로 무리가 따랐다.

그런 상황이 예상된다면 아이를 갖지 않는 게 옳았다. 그 외의 다른 삶을 도모해야 한다고 생각했다. 청약 당첨이 되기 전까지는, 청약이 당첨되고 문득 아이가 있어도 감당할 수 있지 않을까? 하는 생각에 미쳤다. 20평이라 좁긴 해도 16층에서 아래가 공원이 보이고 채광도 지금 사는 원룸에 비하면 훨씬 좋을 테니, 둘은 무리다. 나이도 있고 공간도 좁다. 아이가 열 살쯤 될 때까지는, 우리가 마흔둘이 될 때까지는 충분히 살기 좋은 곳이고, 그때쯤에는 수도 고속철도 GTX가 완공될 테니 팔아도 절대 손해는 안 볼 것이다. 대출금이 좀 걱정되긴 하지만, 정규직이고 고정 금리로 대출을 받으면 감당 못할 금액도 아니었다. 학군도 강남권은 아닐지라도 어려서 내가 살았던 지방 동네보다는 훨씬 좋겠지. (이런 생각을 말할 때면 여자친구는 '넌 너무 생각이 많아'라고 말하곤 했다) 출근한 지 두 시간 사십 분 만에, 회사에서 마음이 떴다.

행복주택은 경쟁률이 청약이나 도긴개긴이었다. 달리는 속도를 유지해야만 겨우겨우 지금 사는 수준에 매달릴 수 있고, 다음 사다리로 올라가기 전에 힘이 빠져버리면 그대로 벼랑 밑으로 굴러떨어지는 것이다. 우리는 멈추는 법을 몰라서 괴로운 것이 아니라 너무 느려서 뭉개지는 것이고, 밀려 넘어져 다다르는 곳은 흔히 말하는 지옥고, 반지하 옥탑방 고시원이 될 것이라는 공포에 시달렸다.

어쨌든, 나는 당첨되었다. 돈은 어떻게든 마련할 것이다. 내가 하루 8시간 책상에 앉아서 벌어들이는 돈보다 가만히 앉아서 부동산이 벌어주는 돈이 더 많을지도 모른다. 벌어주지 않더라도 나와, 앞으로 내 가족들, 아직 세상에 태어나지 않은 가족까지도 눅눅하고 컴컴한 원룸이 아니라 자기 방이 있는, 학군이 좋고, 공원이 가깝고 채광이 좋은 곳에서 원하는 만큼 살 수 있다면 콩팥을 팔든 각막을 팔든 무슨 희생을 치르든 기회를 잡아야 한다. 수도권 투기과열지구에서 3억 원으로 20평대 신축아파트를 구할 수만 있다면 앞구르기 뒤구르기 공중제비를 해서라도 반드시 잡아야 하는 것이다. 남들이 어떻게 살든 나는 16층 아파트에서 강을 내려다볼 거라고, 다짐했다.

09:45

★ [Web발신] [의정부역 리버힐 아파트] ★ 부적격자 소명자료 제출 ★

의정부역 리버힐 당첨을 진심으로 축하 드립니다!
청약 신청 내용을 확인해본 결과 고객님께서는 해당 지역이 아님에도 2021년 9월 2일(목)에 1순위(의정부시 거주자만 해당) 청약에 신청하여 당첨되었기에 부적격 당첨자로 확인 됩니다.

부적격 사유 소명으로 인한 당첨 인정을 받고자 하거나 또는 "당첨 취소"를 인정 받고자 하는 당첨자께서는 아래와 같이 서류를 제출해 주시기 바랍니다.

'미안하다' 오전 09:48분

'응? 뭐가?' 오전 9시 49분

'이게 당첨이 아닌가 봐..' 오전 09:47분

'청약할 때 서울권이 아니라 딱 의정부시만 했었는데 난 강북구라서 아마 어려운가 봐' 오전 09:50분

'헛 그렇구나! 내가 괜히ㅠㅠ 설레발 쳤네... 너무 기쁜 마음에 ㅋㅋㅋ' 오전 09:51분

'미안해 내가 설레발친거지 뭐..' 오전 09:51분

'아냐아냐 자기가 실망이 크겠네 ㅠㅠ' 오전 09:52분

'아니야 ㅋㅋㅋ 그럴 수도 있다 내가 이런 거에 익숙지 않아서 헷갈렸네!' 오전 09:52분

'실망이 컸을 텐데 미안하다.' 오전 09:56분

그리고 한동안 메시지가 오지 않았다.

"울어?"

팀장님이 어깨에 손을 올렸다.

"당첨이 된 게 아닌가 봐요."

나는 문자를 보여주며 말했다.

"좀 쉬고 와"

"괜찮습니다. 죄송합니다"

"아냐, 좀 쉬고 와 반차 쓰고 싶으면 쓰고"

"그럼 제가 당첨 취소 소명 때문에 초본을 받아야 하는데 잠깐 무인민원발급기 좀 다녀와도 될까요?"

"그래, 천천히 다녀와"

실망할 시간이 없었다. 업무 프로그램을 닫고 곧장 서울역으로 향했다. 어디선가 무인민원발급기를 본 적이 있었다. 몇 번 출구였는지는 확실치 않다. 눈앞이 흐려지고 숨이 가빠온다. 여자친구가 좀 찾아봤는지 '청약 통장이 사라질 수 있다'는 메시지를 보내왔다. 나는 취소 소명을 하라는 문자를 받았다고, 지금 주민등록 초본을 떼러 잠깐 나왔다고 답했다. '취소 소명을 하면 괜찮겠지?' '청약 7년 넣었는데' 온갖 생각에 머리가 어지럽다.

한참을 걸어 무인 민원 발급기 화면을 보니 ATM기다. 스마트폰으로 '서울역 무인민원발급기'를 검색해 확인해 봐도 좀처럼 위치를 알 수 없었다. 3번 출구에 설치된 교통 카드 충전기를 살펴보고 긴 통로를 지나 2번 출구 쪽 ATM기를 본다. 서울

역의 숫자들이 어지럽게 눈에 들어온다. 다리에 힘이 풀렸다. 붉은 벽돌로 쌓은 벽에 몸을 기댄 채 양 얼굴을 감쌌다. 건너편 턱에 걸터앉은, 여름에도 점퍼를 입은 노숙자가 눈을 감고 있었다. 수염이 희끗희끗하고 술 냄새가 끼쳐왔다. 나는 다시 일어나 민원 발급기를 찾는다.

내 부주의라 해도, 내 잘못이라 해도, 인정할 수 없었다. 공짜 로또라고 막 넣고 본 내 잘못이라 할지라도 처음부터 부적격 처리할 수 있지 않았을까? 급하게 검색해보니 부적격 판정을 받으면 1년 동안 청약 신청을 못 한다는 게시글이 눈에 들어온다. 청약 시스템이 복잡해지면서 이런 경우가 꽤 많은 모양이다. 6개월이면 1억이 오르는 집값을 보면서, 그저 돈 모아 집 사고 결혼하고 평범하게 잘살아 보겠다고, 어떻게 든 나도, 몸으로 손으로 더듬어가면서 잘해보려 할 뿐인데, 잘해보려 했을 뿐인데, '더는 못 사게 되지 않을 때' 사려고 했을 뿐인데 정말인지 너무나, 너무나 어려운 것이었다.

리버힐 2시간 45분, 나는 더 살고 싶은 의욕을 잃었다.

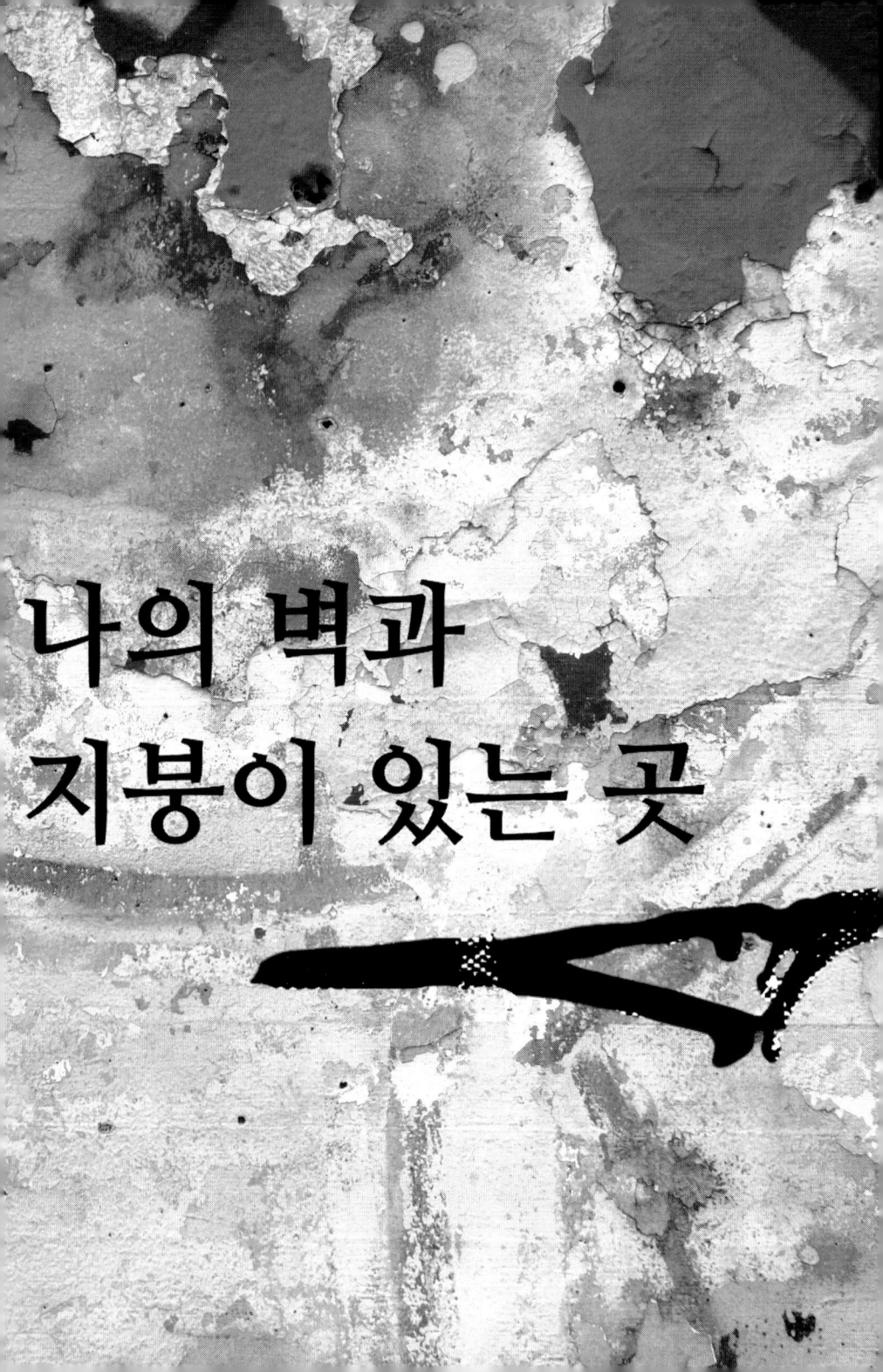

키보드로 모니터를 내리친 적이 있다.

고등학교 3학년 겨울이었다. 모니터는 옆으로 누운 채 박살 났고 키보드는 이빨이 깨진 채 나뒹굴었다. 가위로 파워케이블을 자르자 스파크와 함께 차단기가 내렸다. 밤이었다. 가만히 빛이 새는 창문을 바라보았다. 부서진 모니터와 박살 난 키보드, 전류에 이가 나간 가위가 빛을 받아 살벌했다. 마음 같아서는 밖으로 뛰쳐나가 전선들을 모두 자른 다음 피복을 벗기고 구리로 팔고 싶었다. 당장 필요한 돈이 생기면 집을 구하고 싶었다. 집엔 아무도 없었다. 나는 차단기를 올리고 바닥에 엎드려 울었다.

*

"나는 태권도를 죽도록 싫어했는데 말이지"

나는 태권도를 다니길 싫어했다. 특히 낙법은 전방낙법이든 후방낙법이든 고양이 낙법이든, 전속으로 달려가 매트에 몸을 처박는다는 행위 자체가 고통스럽고 두려웠다. 당시 나는 초등학생이었고, 학교생활에 잘 적응하지 못했다.

"엄마, 아빠는 나한테 신경을 좀 쓴 거 같아?"

끝이 약간 새된 소리로 말아 올라갔다.

"아빠는 나도느라 바빴지"

휴대폰 너머로 엄마의 목소리가 들려왔다. 퇴근길이면 종종 전화를 걸었다. 대화 주제는 주로 직장 상사나 진상 고객에 대한 험담이었다.

이런 이야기를 꺼낸 건 처음이었다.

지금 생각하면 키도 또래보다 컸고 특별히 학습이 부진한 것도 아니었는데, 뭔가 문제가 있긴 했다. 또래와 쉽게 섞이지도 못했고, 학교에 다니기 싫어했다. 학교생활 12년에 걸친 개근상은 자랑스럽다기보다는 오히려 의아한 것이었다. 나는 학교 다니는 걸 태권도 다니는 것보다 더 싫어했으니까, 부모님은 몰랐을까? 원망이라기보다 호기심이 솟아올랐다.

"뭔가, 우울해 보이긴 했어 네가"

엄마의 목소리가 느리다.

막연한 기억에 살이 붙는다. 내가 아마 7살쯤 빨간 조끼(가슴에 황금색 실로 투쟁이라고 쓰여 있다.)를 입고 대머리가 되어 돌아온 아버지를 기억한다. 반들반들한 대머리와 달리 짧고 굵은 수염을 내 볼에 문질렀다. 모래알에 얼굴을 쓸리는 듯했다. 아빠의 애정 표현은 이를테면, 뗀석기 같았다. 마지막으로 이사 갈 때 정리한 아빠의 자개 명패에는 아버지의 이름과 함께 '본부장'이라는 직책이 쓰여 있었다. 내가 아는 아버지는 30년 넘게 운전대를 잡은 택시 기사였으므로 도대체 그 '본부'라는 곳은 무얼 하는 곳인지 감이 잡히지 않았다.

"엄마도 우울했고 그때는"

역 출구를 나오면 대로 양옆으로 개성 없는 도심 상가들이 눈에 들어온다. 눈이 꽤 내리고 있었다. 장갑을 가져오지 않은 걸 후회했다. 요 몇 년 사이 눈이 이렇게 오는 겨울은 드물었는데, 유난히 눈발이 거세다. 엄마는 낮고 편안한 목소리로 말을 이어갔다.

'그때는 엄마가 경제적으로 힘들기도 했고 - 너도 알다시피 멀리 시집와서 - 너 갖고도 괴로운 일이 많았고 - 네 동생 일도 그렇고' 이런 이야기가 이어졌다. "외할머니는 내가 태중에 돌아가셨다고 했지?" "거기다 고모도 한집에 살았잖아, 고모부랑 연애하는 것 때문에 아빠가 얼마나 못되게 굴었니?"

어려서부터 익히 들어 알고 있었다. 지금은 공기업 과장인 고모부가 당시 아빠의 눈에는 차지 않았던 모양이다. 아빠는 마당에 고모부, 고모, 엄마 세 사람을 엎어놓고 팼다고 했다. 각목인지 몽둥이인지 정확하게 기억은 나지 않았다. 엄마는 그때 임산부였다. 내가 태중에 있었으니, 네 사람이라고 할까?

"그리고 그걸 너한테 푼 것도 사실이고"

"그랬었나?"

"네가 이야기를 잘 들어주기도 하고.. 동생은 너무 어렸잖아? 또, 걔가 다 크니까 이제 엄마 생각도 좀 하는 것 같긴 한데 클 땐 좀 냉랭했으니까 타고난 성격이"

"강단이 있는 거지 동생이"

"그래 강단이 있지... 같은 동생이랑은 성격이 달랐어. 너는"

어른이 아이를 이해하지 아이가 어른을 이해할 수는 없다. 아이는 어른을 이해해서는 안 된다. 그걸 '이해하는' 순간 어떤 선을 넘는다는 생각이 들고 마는 것이다.

마당에 취재진이 모여 있었고 엄마는 안방에 누워 있었다. 11평 남짓한 안방에는 장롱, 브라운관 TV뿐이다. 친척 어른들은 안방에서 알 수 없는 표정을 짓고 있거나, 술을 마시거나, 몇몇은 취재진을 향해 소리를 치고 있었다. 엄마는 누워서 울고 있다. 나는 이 상황이 뭘 의미하는지 잘 알지 못했다. 다만 엄마가 울고 있어서, 따라 울었는데, 큰엄마가 나를 다그쳤던 기억이 난다.

나는 카메라에 호기심을 느꼈다. 마당으로부터 우리 집을 향해, 카메라맨의 어깨 위에서 마치 대포를 쏘듯 겨냥하고 있는 카메라가 신기해서 한동안 넋을 놓고 바라보았다. 일부러 그 앞을 지나가 보기도 했다.

아빠는 보이지 않았다. 다음날 TV에서 사람들 사이에 둘러싸인 채 흙구덩이 안에 몸을 숙인 아빠의 등을 문득 본 것 같기도 하다. 아버지의 등 뒤에도 대포처럼, 시커먼 카메라가 있었을 것이다.

그날은 동생의 시신이 발견된 날이었다. 실종신고 된 지 2주

정도 지난 때였다. 범인은 동네 할아버지였다.

엄마는 뭔가 더 할 말이 있는 듯하다가 이내 말을 흐렸다. 사람의 기억이란 돌이켜보면 대부분 좋은 것만 남는다고 한다. 아마 나쁜 것까지 전부 기억하려 했다가는 생물의 먹고, 살아남아, 재생산하는 목적에 심각하게 어긋나기 때문일 것이다. 그런고로 기억이 여기저기 끊기고 만다.

"그래도 우리 아빠가 제일 나아 요즘은"

왜인지 아빠를 감싸고 있었다. '요즘은'이라는 단서를 붙여야 한다는 게 입맛이 쓰다. 집에 내려갈 때마다 느끼는 건, 나는 이제 '식구'라기 보다는 손님에 가까운 사람이 되어있었다. 식구는 밥을 같이 먹는 사람을 말한다든가? 같이 밥을 먹지 않은지 10년이 넘었다. 가족에게 손님 대접을 받는다는 건 뭔가 이상한 기분이 든다.

"그렇지, 요즘엔 밖에도 잘 안 나가고, 엄마 눈치도 보고 그래"

엄마가 말했다.

"눈 많이 오는데 조심해, 아빠도 운전하는데 힘들겠다."

대로를 피해 구청 골목으로 발걸음을 돌렸다. 이자카야, 치킨집, 편의점, 유흥주점이 늘 서서 있다. 어디서 옷을 맞춰 입기라도 한 것인지 톰 브라운 패딩에 클러치백을 낀 동네 양아치부터 턱에 까만 마스크를 내린 채 쭈그려 앉아 담배를 피우는 여자까지, 골목으로 들어온 보람이 없다. '왕과 비'라는 거창한 유흥주점 간판이 휘황찬란하다.

"사람 마음이란 게 참 그래 엄마, 엄마도 아빠가 그렇게 못되게 굴었어도, 사랑하잖아? 아닌가?"

나는 조금 미심쩍은 듯 말을 건넸다.

"과거야 다 지나간 거고, 어쩌겠니? 또 살아야지"

"엄마, 사람은 고통스러운 일을 겪으면 자꾸 그 일에 원인을 찾는다더라. 꼭 그럴 필요는 없는데 말이지, 그래서 좋은 건 다른 사람의 고통을 더 잘 헤아리게 된다는 점이고, 나쁜 점은 쓸데없는 걸 복기하느라 쉽게 불행해진대"

맞바람이 불어왔다. 눈발이 점점 더 거세다. 집까지는 아직 멀었다. 나는 바람을 등지고 걸으며, 통화를 이어갔다. 뒷덜미가 시렸다.

"잠깐만"

카페 앞에서 고구마를 팔고 있었다. 집에 마땅히 먹을 게 없다. 고구마 냄새가 눅진하다. 기억과 가장 밀접하게 연결된 감각을 꼽자면 아마도 후각이 아닐까 싶었다.

어떤 감정은 덩어리졌다. '고구마'라고 하자, 나는 어쨌든 살아가기 때문에 계속 앞으로 나아가야 하는데 시선은 '고구마'에 머물러있다. 그러니까 말하자면, 뒤를 보며 걷는 삶이다. 새로운 사건은 계속해서 다가오는데, 자꾸 뒤를 보고 있어 대처

할 수 없다. 불안하고, 위험하다. 어느덧 그 삶에는 수많은 고구마가 쌓여있다. 고구마들은 목구멍을 틀어막는다. 말하자면 아주 지독한 고구마. 이 고구마를 사람들은 보통 트라우마라고 부른다.

*

고모는 계좌번호를 보내달라고 했다. 내가 스무 살이었다. 11년 전 이맘때, 눈이 많이 내렸다. 집에 돌아와 보니 난장판이었다. 나중에 듣기로, 잔뜩 취해서 집에 돌아온 아빠가 동생을 무릎 꿇게 한 다음 죽은 언니 이야기를 했다고 했다. 동생이 죽은 동생 나이쯤이었다.

이해할 수 없었지만, 술을 마시고 온 아버지는 – 동생에게 벌을 주었고 – 죽은 언니 이야기를 했다. 집안을 뒤엎은 건 덤이었다. 엄마와 동생은 친척 집을 전전한 끝에 종교단체에서 운영하는 여성 보호시설에 들어갈 수 있었다. 나는 청소년 보호시설에 들어가기엔 이미 성인이었고, 여성 보호센터는 더더욱 무리가 있었다. 나는 자취를 하던 사촌 형에게 전화를 걸었다. 익산에 있는 대학생 사촌 형의 자취방에 신세를 지며 난생처음 일을 시작했다.

"저게 다 돈이거든, 녹여서 또 쓰는 거지."

같이 일하던 대리님이 유쾌하다는 듯 말했다. 보일러 회사에 주물을 가공해 납품하는 공장이다. 아침 8시부터 저녁 8시까지 공장에서 프레스기로 찍혀 나온 알루미늄 주물의 가장자리를 수작업으로 다듬는 일이었다. 도구는 작은 구둣주걱처럼 생겼는데, 철물을 갈아낼 수 있도록 격자로 홈이 파여 있었다. 공장에서는 이걸 '빼빠'라고 불렀다. 그렇게 갈려 나간 알루미늄가루들은 다시 트레이에 담겼다. 그날 오후 6시쯤 그런 생각이 들었다. 나는 이미 쓸모 있는 주물이 되기는 글러 먹었고, 아마도 사회라는 거대한 주물의 모서리에서 어설프게 붙어 있다가 '빼빠'에 갈려 튕겨 나간, 수많은 알루미늄가루 중 하나일 텐데, 그렇다면 아마도 녹아 없어지는 방향이 나 자신과 모두를 위해서 유익한 게 아닐까 하는 그런 생각이었다.

*

2월 7일, 2달 만에 처음으로 일을 쉬었다. 운동장이 차량으로 꽉 들어찼고 족히 천명은 넘는 가족들과 일가친척들로 강당이 들어찼다. 교복(또는 양복) 차림의 친구들이 눈에 들어왔다. 나는 후줄근한 야상에 때 묻은 청바지가 전부였고 몸에서 기분 나쁜 쇠 비린내가 났다. 이상하게도 씻을수록 더 선명해지는 냄새였다.

'위 학생은 품행이 바르고 학교생활에 근면 성실하였으므로 이에 상장을 표창합니다' 졸업장 사이 끼워진 개근상에 쓰인 글자였다. 헛웃음이 났다. 나는 그것들을 학교 운동장 쓰레기통에 처박고 교문을 나섰다. 계란 껍데기가 되었든 밀가루가 되었든 덮어 주길 바랐다.

그날은 특별히 허락을 받고 여성 보호센터에서 하루를 보낼 수 있었다. 센터장의 말에 따르면, 성인 남자가 이곳에 묵는 건 센터 발족 이후 처음 있는 일이라고 했다. 아마도 거지 같은 옷차림과 추레한 몰골, 졸업식 사연 팔이가 먹힌 모양이다.

센터는 붉은 벽돌로 쌓아 올린 이 층 건물로 중앙 층계에 조아라 여사님의 흉상이 자리해 있었다 센터를 처음 설립하신 분이라고 했다. 어쩐지 시골의 분교 같은 느낌이 들었다. 사람이 꽤 있는 것 같은데, 이상하게 조용했다. 내부는 고시원처럼 생겼다. 복도를 지나자 삼삼오오 모여 있는 동생 또래 여자아이들이 경계심과 호기심을 절반쯤 섞은 듯한 시선을 보내왔다.

204호, 엄마의 방이었다. 다다미가 깔려있고 벽장이 있는, 공포영화에 나올법한 방에는 엄마와 동생, 이모(라고 부르는 룸메이트)가 있었다. 이모는 농담을 좋아했다. 그날은 다른 방으로 자리를 비워주셨다.

엄마 아빠는 '동생'을 잃고, 다시 동생을 낳았다. 삼십 대 후반, 노산이었던 엄마는 진통이 길었고 하혈이 많았다. 아빠는 그동안 모은 헌혈 증서를 모두 병원에 반납하고 수혈할 피를 구해왔다. 삶과 죽음이 치열하게 맞물렸다.

그날 낯선 천장을 바라보면서 엄마 아빠는 무얼 위해서 그토록 애썼는지 도통 이해할 수 없었다. 다음날 센터 문을 나섰을 때 문득 이 센터의 담장이 꽤 높고 크다는 사실을 눈치챘다. 이모의 남편은 과수원을 운영하는 지방 유지라고 했다. 종종 차를 몰고 이곳 센터 앞을 찾아온다는 이야기를 들었다.

담장 앞에 은색 5시리즈 BMW가 눈에 들어왔다(썬팅 때문에 안이 보이지는 않았다) 이 담장은 합당한 벽이었다. 나를 바라보던 아이들의 눈빛이 생각났다. 몇몇은 동공이 흔들렸다. 나는 이곳에서 하루를 묵은 것을 이내 후회했다.

나는 사촌 형의 자취방에서 한 달을 더 묵었고, 합격한 대학에서 기숙사 생활을 할 수 있었다. (학식이 마음에 들었다) 공부는 안 했고, 때때로 일을 했다. 피부가 까만데 손만 희었다. 주로 장갑을 끼고 일용직을 전전했기 때문에 최소한 손이 타는 일은 없었다. 별명은 팬더였다. 한 학기가 순식간에 증발했고, F를 3개 받았다.

"아빠는 이 동네가 참 싫다."

대학교 1학년, 한 학기가 끝나고 오랜만에 가족이 모였다. 엄마의 선택이었다. 나는 삼겹살을 뒤집으며 아빠를 바라보았다. 내가 한 학기 보내는 동안 부모님은 '문제를 해결한' 모양이었다. 아버지와 이렇게 또 마주하게 될지 몰랐는데, 언짢았지만 티를 내지 않았다. 그저, 삼겹살을 뒤집으면서 아버지를 이해하려 애쓰고 있었던 것 같다. 무엇이 아빠에게 트리거가 되었는지 짐작이 가는 바가 없지는 않았다. 아빠는 아빠 나름대로 안고 살아온 굵고 큰 고구마를 감당할 수 없어, 마구 휘두르고 만 것이 아닐까? 아마도 내가 상상할 수 없는 크기의, 이를테면 초질량의 고구마였을 것이다. 그날 땅 구덩이에서 고구마처럼 웅크린 동생을 직접 본 사람은 아버지뿐 이었으니.

하지만 그래도, 그래도 그래서는 안 됐다.

"서울은 많이 춥지?"

엄마가 말했다. 목소리가 낮고 편안하다.

"괜찮아 엄마도 날 추운데 잘 입고 다녀"

그렇게 말했지만 추웠다. 나는 코트를 입고 있었다. 포멀한 옷을 좋아했다. 12주 부사관 양성과정 훈련이 끝나고 청록색 정복을 받아 입었을 때를 기억한. 다소 의젓해졌다고 생각했다. 자신감도 있었다. 마치 새로운 정체성을 부여받은 느낌이 들었다. 튼튼한 껍데기를 찾아 쓴 소라게처럼.

*

"입양을 할까 아니면, 친동생이 있었으면 좋겠어?"

"남동생이 좋아 여동생이 좋아?"

내가 9살에 들은 질문이었다. 나는 입양이 뭔지, 남동생과 여동생을 내가 선택할 수 있는 것인지, 인생이 뭔지, 동생이 '생긴다는 게' 뭔지 종합적으로 이해할 수 없었다. 무엇보다도 나는 학교생활에 적응하지 못하고 있었던 것 같다.

그 나이 또래에 약한 모습을 보인다는 건 '나를 좀 괴롭혀 주세요.' 정도로 번역되는 모양이었다. 아버지는 그런 나를 태권도장에 데려갔다. 3층 상가건물 지하에 있는 태권도장은 냄새가 지독했고, 여름이면 벽에 물이 흘렀다. '미리 해 놓으면 나중에 군대 가서 편하다'는 게 아버지의 말이었다. 나는 태권도장에 다니길 죽도록 싫어했다, 대신 책은 많이 읽었다. 아빠는 초등학교 때 내가 쓴 일기와 받은 상장을 서류철로 엮어두었는데 그중 상장은 대부분 다독상과 선행상이었다.

"그래 아빠가 젊었을 때는 허옇고 이뻤어, 그러니까 결혼했지. 학력은 뭐 맨날 시골에서 일하느라 없다시피 했지만, 똑똑한 편이었어 매력 있고... 기계도 잘 만지고 스마트폰도 알아서 척척하고, 요즘은 운동을 그렇게 한다?"

"운동할 때 잘한다고 몇 마디 해줘 봐. 아마 더할걸?"

수화기 너머로 웃음소리가 들려왔다. 순간 발이 미끌렸다. 허벅지부터 옆구리, 팔까지 충격이 전해져 왔다. 민망한 나머지 곧장 자리에서 일어나 코트를 털었다. 대리석 위에 쌓인 눈을 밟은 모양이었다.

"무슨 일이야?"

"아무것도 아냐, 근데 무슨 운동을 그렇게 한대?"

"그게 좋은가 봐, 축구도 열심히 하고…"

"그런 매력이 있으니까 지금까지 사는 거겠지."

"너는 요즘 어디 아픈 데 없어?"

"나? 멀쩡해"

어쩌면 크게 다칠 뻔했는지도 모른다. 관자놀이를 대리석 턱에 치받고 비명횡사한다든지 말이다. 아빠가 나를 태권도장에 보낸 것은 이날을 위해서일지 몰랐다. 그렇게 생각하니 마음이 조금 편해졌다.

*

전역 날은 가족사진을 찍었다. 나는 정복을 입고 있었고, 엄마 아빠는 정장 차림에, 동생은 교복을 입고 있었다. 엄마, 아빠는 그대로인 것 같은데 동생은 고등학교 3학년이었다. 나도 이십 대 중반을 넘어 후반을 향하던 차였다. 곧장 독립을 선언하고 서울에 올라왔다. '해피하우스' 황홀한 이름이었다. 모은 돈 대부분이 전세보증금으로 들어가긴 했지만, 아직 젊었고 '뭐든지 할 수 있을 거라'는 착각에 사로잡혀있었다.

"5년간 일했으면 1년 정도는 놀아도 됐는데 말이지"

"그래 엄마도 마음이 참 그렇더라, 너무 못살게 굴어서 저러나 싶기도 하고 지금 직장도 잘 다니고 하는 거 보면.... 그래도 불안해 보일 때가 있었어."

엄마의 목소리가 낮고 깊다.

"우울하기도 했지... 취업도 힘들었으니까, 병원도 잠깐 다녀봤는데 해결이 안 되더라고. 난 내가 혼자 있는 걸 좋아한다고 생각했는데, 그건 아니었어."

"엄마도 서울에서 아빠 만났잖아 혼자 버티는 게 참 힘들더라."

"엄마 그거 알아? 우울은 '거기서 탈출하라고' 몸에서 보내는 신호래, 지금 거기 계속 있으면 큰일 나니까 뭐라도 좀 해보라고 보내는 신호라고 하더라, 약으로는 그 신호는 끊을 수 있는데, 그렇다고 근본적인 문제가 해결되는 것도 아니니까"

"그래 사람이 약간 멍하고 멍청해지는 것 같다고 하더라."

"그러니까 내가 하고 싶은 말은"

"응"

"지금은 괜찮아."

*

소파에서 일어난 아버지는 반상을 뒤엎고 나를 덮쳤다. 끔찍한 술 냄새가 났다. 나는 아버지를 밀쳐내며 비명을 질러댔다. 추한 풍경이다. 술에 취한 아버지를 떼 놓는 건 그리 어렵지 않았다. 아버지는 자존심이 상했는지 닥치는 대로 물건을 집어 던졌다. 무거운 스피커 하나가 얼굴에 날아와 꽂혔다. 눈이 돌아가고 무릎에 힘이 빠셨다. 코와 입에서 핏물이 흘러나왔다. 나는 아버지에게 주먹을 휘둘렀다. 어깨까지 둔탁한 충격이 전달된다. 피를 닦고서야 소파에 뒤집힌 채 처박힌 아버지가 눈에 들어왔다. 키보드로 모니터를 내리친 적이 있다. 고등학교 3학년 겨울이었다. 모니터는 모로 누운 채 박살 났고 키보드는 이빨이 깨진 채 나뒹굴었다. 가위로 전선을 자르자 스파크와 함께 차단기가 내려갔다. 밤이었다. 그날도 눈이 내렸다. 눈발이 차다. 시리다. 옆구리가 욱신거리고, 고구마가 따뜻하다. 엄마의 목소리는 낮고, 편안하다. 엄마와 나는 아주 먼 과거의 역사를 평가하듯 담담하게 이야기를 주고받았다.

 "나 거의 다 왔어 집에"

 "그래 또 연락하고, 김치랑 보낸 건 다 먹었어?"

 "아니 아직 남았어. 또 연락할게. 사랑해"

 "그래 또 연락해 밥 먹고 고생했다."

 "고마워 엄마"

 전화를 끊고 나서야 손에 피가 나고 있음을 눈치챘다. 쓰러지면서 쓸린 모양이다. 흰 눈이 붉게 물든다. 집에서 도망쳐 나오고 보니 눈 위로 피가 뚝뚝 떨어졌다. 어디서 잤더라, 헌 옷함에서 닥치는 대로 뭐든 꺼낸 다음 학교 뒷산 정자로 향했던 것 같다. 교실에 들어가 있을까 했지만, 문이 모두 잠겨있었다. 그날도 오늘처럼 눈이 많이 내렸다.

*

　어깨와 머리에 쌓인 눈을 털어내고 신발을 벗었다. 집에 도착했다. 여기저기 물건들이 너절하게 굴러다닌다. 입구에는 전신 거울이 있고, 주방 겸 작은방을 지나 정방형의 큰 방이 나온다. 큰 방에는 컴퓨터와 책상, 책장이 자리해 있다. 책을 읽은 지 오래되었다. 고구마가 식었다. 차다. 나는 고구마를 주방 선반 위에 올려놓고 냉장고에서 커피를 하나 꺼냈다. 동파되지 않도록 보일러를 틀어두어서인지 집안이 따뜻했다. 세면대에 물 틀어 놓은 소리가 들렸다. 의자에 앉아 벽들을 떠올렸다. 학교 뒷산의 정자에는 지붕이 있긴 했지만, 벽이 없었다. 5년간 바라보아야 했던 철책은 벽이었어도 지붕이 없었다. 사촌 형의 자취방, 그곳은 벽과 지붕이 있긴 했지만, 내 것이 아니었고, 여성 보호센터의 벽과 지붕은, 내가 있어서는 안 되는 곳이었다.
　낯모를 사람들과 마주한 시간과 사건들이 산발적으로 쓰러진 도미노를 보는 듯했다. 이내 눈을 감았다. 눈을 감고 생각했다. 이곳은 나의 벽과 지붕이 있는 곳이다. 어떤 고구마도 이 공간을 다 차지할 수 없을 테다. 음악을 틀어놓고 한동안 아무것도, 아무 생각도 하지 않았다.

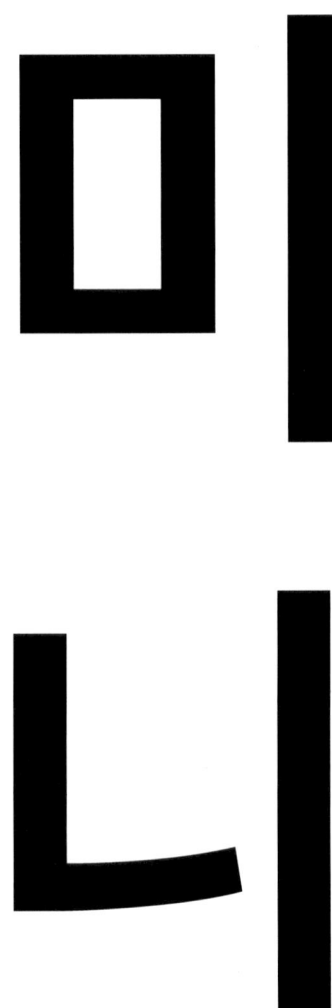

픽션

천국의 악마들

고대하던 천국에 발을 들인 김착한씨는 할 말을 잃었다. 파란 하늘 구름 위에 앉은 천사가 하프라도 튕기고 있을 줄 알았던 천국에는 손바닥만 한 박쥐 날개를 단 우스꽝스러운 악마들이 서로 못 잡아먹어 쌈박질을 해대는가 하면, 현대적이지만 결코 화려하지 않은 평범한 도시가 그의 눈앞에 펼쳐져 있었기 때문이다.

"이 사람도 넋이 나갔군."

그를 알아본 주변 사람들이 그에게로 모여들었다. 주변에서 '나도 처음엔 저랬었지' '정말 웃기는 표정이군.' 하며 수군대는 소리가 들렸다.

"여긴 지옥인가요?"

그가 물었다.

"아니 천국이지!"

사람들이 말했다.

*

나악당씨는 뜻밖인 지옥의 모습에 크게 안도했다. 튀김 솥과 끓는 유황불, 낫과 삼지창을 든 악마들을 대신에 준수한 용모의 천사들이 서로 재잘거리며 하프를 튕겼다. 새파란 하늘에 그림처럼 걸려있는 천사들의 집은 너무나 아름다웠다.

"여기는 천국이야!"

그가 외쳤다.

"아니야 여긴 지옥이야."

사람들이 말했다.

*

천국의 악마들은 살벌한 악마의 이미지와는 거리가 있었다. 한 뼘만 한 박쥐 날개에 곱사등이 난쟁이, 일그러진 얼굴은 익살스러웠고 전래동화에 나오는 도깨비처럼 아둔하고 한편으론 순진한 구석이 있었다. 대개 서로 싸우거나 우스꽝스럽고 한심한 짓을 할 뿐이었다. 천국의 주민에게 그것은 훌륭한 유희 거리였다. 모든 것이 평범한 일상과 모든 것이 제공되는 가운데 그들은 행복했다. 그들은 스스로 얼마나 건강하고 아름다운지, 또한 얼마나 우월한지 악마들을 보면서 재잘거렸고 악마들을 보면서 느꼈다.

김착한씨는 생각했다. 이곳의 천사는 바로 우리라고.

*

천사들은 지상으로 내려오는 일이 없었다. 외출할 때면 그 크고 아름다운 날개를 펴고 공중을 한 바퀴 활강하다가 적당한 구름에 걸터앉아 하프를 튕기든지 재잘거리든지 하는 게 그들의 일과였다. 그들도 역시 악마처럼 지옥의 주민에게 별 관심이 없었다. 어두워질 때면 그들은 그들의 아름다운 집으로 향했고 지옥의 주민은 지상의 그저 그런 빌라 건물로 발걸음을 돌렸다. 지옥의 주민은 그런 평범한 일상에 염증을 느꼈다. 그들은 누구나 천사들을 선망했고 천사를 사귀거나, 천사가 되는 꿈을 꾸었다. 간혹 천사들이 실수로 떨어뜨린 하프나 장신구를 서로 갖겠다고 다투었다. 오랜 지옥 생활에 정신이 나간 녀석 하나는 스스로 모형 날개를 만들고 콘크리트 아파트 옥상에서 몸을 던지는 일을 반복하기도 했다.

나악당씨는 생각했다.

'이곳보다 끔찍한 지옥은 없어'라고.

남극의 봄

'차가운 우유 속을 걷는 기분이다.'

화이트 아웃을 경험한 탐험가들의 말이다. 극지의 강한 햇볕이 새하얀 눈발에 부딪혀 시야를 앗아가는 화이트 아웃은 눈폭풍인 블리자드와 함께 극지 탐험가가 마주칠 수 있는 최악의 상황으로 꼽힌다. 온통 새하얀 세상에서 자신만이 그림자조차 없이 '선명'하게 보인다는 건 별거 아니네, 싶겠지만 화이트 아웃으로 동료를 잃은 이들이 느끼는 극심한 공포감과 혼란 사이를 비집고 들어오는 그 외로움, 나 혼자뿐이라는 인식은 우유 속에 던져진 인간이 아니고서야 알 수 없다.

그리고 난 우유 속을 헤엄치고 있었다. 상하좌우 온통 하얀 세상에서 그런 건 아무래도 좋았다. 8시간 전까지만 해도 내 옆엔 동료가 있었지만, 블리자드에 휩쓸렸고 엎친 데 덮친 격으로 화이트 아웃, 우유 속에 던져진 꼴이 되었으니 죽은 목숨이나 다름없었다. 날카로운 추위가 쑥 하고 파고들었다. 영하 60도? 70도? 아무래도 좋다! 이대로 죽는 수밖에. 마지막으로 깊게 숨을 들이쉬고 크게 뱉었다. 회백색 숨이 토사물처럼 쏟아졌다.

내가 다시 눈을 뜬 건 꽃이 핀 어느 들판에서다. 하지만 GPS로 본 좌표는 분명히 남극을 가리키고 있었고, 아내가 선물해 준 G-SOCK은 2012년 1월 20일 오후 4시를 가리키고 있었다. 블리자드에 휩쓸린 게 18일이니까 이틀 만에 깨어난 것이다. 이상했다. 시계에는 온도가 영상 24도이지만 남극은 아무리 온도가 높은 계절에도 영하 24도를 넘지 않는다는 게 상식이다. 게다가 이 처음 보는 하얀 꽃은 뭐란 말인가? 그리고 또 '저 사람'은 누구란 말인가?

"저기요! 여기가 어디죠?"

"남극점."

삼십 대로 보이는 서양인이 그를 돌아보며 말했다.

나는 눈을 의심했다. 최초의 극지 탐험가 스콧이 거기 서 있었기 때문이다. 아문센과 함께 최초의 남극점 정복을 두고 경쟁했다가 식량부족과 악천후로 동사한 비운의 극지 탐험가였다. 어째서 그가 여기 있을까 생각해본 결과, 역시나 내가 죽은 게 확실하다는 결론에 이르렀다.

"자네 뭔가 오해하고 있는 것 같은데 여기는 천국이나 지옥 같은 곳이 아냐 그냥 '남극'이야 자네가 얼어 죽었다고 생각하나? 아니야 남극에서는 아무것도 죽지 않아, 썩지도 않아, 자네는 그냥 얼어있었을 뿐이야."

"그게 어떻게 가능하죠? 그럼 이곳은요? 남극이라면서요? 이 꽃은 뭐고 이 날씨는 뭐죠?"

"아문센은 자기가 남극의 모든 것을 봤다고 생각하겠지, 하지만 아니야. 자네 '남극의 봄'이라고 들어봤나?"

스콧이 비아냥거리듯 말했다.

"있긴 한데…. 그래 봤자 영하 24도인걸요?"

"그게 아냐.. 내가 1912년 1월 20일.. 남극점에 도착했을 때 무슨 일이 있었는줄 아나? 딱 지금 같았지, 따뜻하고 사방엔 이 하얀 꽃이 피어있고.. 난 그걸 따다가 돌아오는 길에.. 얼어버린 거지. 자네도 죽어버린, 아니 얼어버린 멍청이치고는 운이 좋군. 남극의 봄을 보게 되다니"

우리는 한동안 그렇게 많은 이야기를 했다. 스콧의 말에 따르면 남극에는 100년에 단 하루 봄이 온다고 했다. 스콧과 나는 그것을 목격한 몇 안 되는 인간이었다. '노스 페이스'를 보고 이누이트냐 묻기에 한국에서 왔다고 하니 모른다고 했다. '코리아'라고 말했으면 알았을까? 스콧에게 왜 신발이 없느냐 물으니 귀로 하는 길에 삶아 먹었다고 했다. 그렇게 잡다한 대화가 오갔다. 어느새 밤이 찾아왔다.

"이제 다시 겨울이 오겠군…."

스콧이 말했다.

"그럼 이제 우리는 어떻게 되는 거죠?"

내가 걱정스럽게 말했다.

스콧이 새파란 눈을 마주치며 말했다.

"다시 얼어버리는 거지."

"…."

나는 묵묵히 하늘을 올려다봤다. 남극에서만 볼 수 있다는 새파란 달과 사금파리 같은 별들이 빛났다.

순간 사방에서 총천연색 장막이 펼쳐지는 듯했다. 오전 내내 쌓인 지열이 급속도로 냉각하면서 아지랑이가 피어오르고 사방이 신기루로 가득 찼다. 문득 하늘을 올려다보니 파란색, 초록색 온갖 색의 오로라가 일렁였다. 모든 것이 반사되고 산란하고 흔들렸다. 커다란 달 만큼이나 커다래진 눈에 온갖 색이 쏟아져 내렸다. 새하얀 꽃들이 키스하듯이 서로의 줄기를 비틀어 안았다. 나와 스콧은 들판을 뛰어다녔다. 들판에 지쳐 쓰러진 우리는 새파란 달을 올려다봤다.

"다음에 또 볼 수 있겠죠?"

"그런데 그게 좀 힘들 것 같아…."

"네?"

"잘 가게"

갑자기 몸이 따뜻해지는 게 느껴졌다. 그리고 다시 픽- 하고 시야가 나갔다. 기분 나쁘게 선명한 자신과 새하얀 공간으로 돌아온 나는 무작정 걷기 시작했다. 따뜻한 우유 속을 걷는 기분이었다.

2012년 1월 20일, 영하 80도에서 동사한 대원을 회수한 한국극지탐험대는 대원을 영국의 냉동인간 연구기관의 도움을 받아 해동시키는 데 성공하였고 기적적으로 다시 살아났다는 보도가 세계를 놀라게 했다. 냉동인간 연구학회는 우선 유영민 씨가 튼튼한 몸을 가졌고, 영하 80도에서 급속도로 냉동된 것, 그리고 이틀 만에 신속하게 구조된 점이 유영민 씨의 '부활'에 결정적인 역할을 했다고 발표했다. 깨어난 유영민 씨의 몸은 건강한 상태이며 '남극의 봄을 보았다.' '스콧은 살아있다.' 같은 말을 하는 것으로 보아 아직은 안정이 필요한 단계라는 말로 발표를 마쳤다.

코코 에스프레소의 비밀

백양사 아래 옹기종기 모인 식당가에서 옻닭 집을 운영하던 김춘삼 씨는 최근 고민이 생겼다. 거래하던 농장이 망하면서 염가에 공급받던 옻을 비싼 값에 사 와야 했기 때문이다. 메뉴의 가격을 올리자니 손님이 떨어져 나갈까 싶어 원가를 낮출 방법을 강구하던 어느 날, 평소 즐겨 마시던 원두커피를 우리다 만화처럼 찌릿한 스파크가 김춘삼 씨의 뇌리를 스쳤다.

 '그래! 옻 대신 커피를 넣어보는 거야, 색도 비슷하고.. 씁쓸한 게 아무도 모를 것 같은데..'

 김춘삼 씨는 그 길로 차를 몰아 장성 외곽의 한 커피 로스팅 공장에서 볶은 원두 10kg을 3만 2천 원에 구매했다. 이런 것 몇 알 넣고 오륙천 원씩이나 받아먹는 놈들은 타고난 사기꾼들이라고 김씨는 생각했다.

 춘삼 씨의 예상대로 커피를 넣어 만든 옻닭과 순수 옻으로만 만든 옻닭은 맛이든 모양이든 큰 차이가 나지 않았다. 커피 닭 쪽이 약간 더 쓴맛이 났지만, 옻도 많이 넣으면 그런 맛이 났으므로 손님들은 오히려 '옻이 많이 들어갔나 보네 허허허' 하고 좋아할 터였다. 그리고 김씨가 전혀 예상치 못한 어떤 '효과'가 손님들을 끌어들였다.

 김씨는 사람들이 눈치를 채지 못하자 대담하게도 원두의 양을 늘리기 시작했다. 그 결과 옻닭은 국물이 진짜배기라며 한 방울도 남기지 않고 몽땅 들이킨 손님들의 몸속에는 에스프레소 3~4잔 분량의 카페인이 그대로 농축되었고 당연하게도 밤에 잠을 이루지 못했다. 그들은 자기들이 먹은 옻닭이 사실 커피닭 이었다는 사실은 상상도 못 한 채 '아 오래간만에 보양식을 먹었더니 힘이 뻗쳐서 잠이 안 오는구나!' 생각했고 엉뚱한데 힘을 쏟아내고서야 잠이 들었다.

김춘삼 씨의 옻닭 집은 입소문을 타 날로 번창했고 VJ 특공대니 생생 정보통이나 하는 온갖 프로그램에 출연하게 되면서 유명세를 치렀다. '이거.. 남자한테 진짜 좋은데.. 뭐라 설명을 못 하겠네' 말하곤 능글맞게 웃는 춘삼 씨의 얼굴이 전파를 타 화제가 되기도 했다.

*

프랑스에 거주하는 리 제임스 마칸달씨는 한인교포 4세다. 그는 문화적으로 혼란스러운 환경에서 자랐다. 그의 윗대에는 한인을 비롯해 중국인도 있었고 흑인 할머니와 백인 어머니 그리고 유대계 혼혈 할아버지 등등 글로벌한 족보를 가졌으므로 스타벅스 프랑스지부 이사가 된 지금에도 '문화 정체성'에 대한 콤플렉스는 여전했다. 그는 고민 끝에 연가를 내어 한국을 방문했다.

관광 3일째 백양사에 들렀다가 내려오는 길에 안내서에 맛집으로 추천된 '춘삼옻닭' 집에서 점심을 해결하기로 했다. 오랜 기다림 끝에 음식이 나왔고 국물이 일품이라는 설명에 따라 국물을 덜어내 맛을 본 마칸달씨는 적잖은 문화충격을 받았다.

아무리 춘삼 씨라도 프랑스지부 스타벅스 이사의 혀까지 속일 수는 없었던 것이다.

'마일드 블랜드.. 아라비카 커피빈이라.. 육수에 우러나 진하고.. 독특한 허브향이 나는군.. 커피를 이렇게 우리다니 믿을 수 없어'

이틀 후 프랑스로 돌아온 마칸달씨는 스타벅스 이사직을 때려치우고 새로운 프랜차이즈 커피숍을 설립한다. '코코 에스프레소'라는 이름의 커피숍은 '춘삼옻닭'의 메뉴를 벤치마킹하여 허브와 커피빈 그리고 닭으로 우려낸 커피를 주력상품으로 내세웠고 마카롱이나 허니브레드 같은 흔해 빠진 디저트 대신 닭다리나 닭가슴살, 공깃밥 같은 메뉴를 선보인다.

결과는 대성공이었다. 특히 주메뉴인 코코에스프레소와 닭고기는 브런치로 인기가 좋았다. 바쁜 현대인들은 적당한 가격에 식사와 커피를 카페에서 한 번에 해결하는 걸 선호했다. 마치 스티브 잡스가 휴대폰에서 버튼을 제거한 것처럼, 마칸달씨의 새로운 영업 전략을 일종의 혁신으로 받아들였다. 마칸달씨는 자신에게 한민족의 피가 흐른다는 사실을 무척이나 자랑스럽게 생각했다.

코코에스프레소는 1년 만에 세계 5대 도시에 지점을 세우면서 날로 번창했고 같은 해 김춘삼 씨의 '춘삼 옻닭'은 식품의학안정청의 단속에 덜미를 잡혀 영업정지 처분을 받아야 했다.

해파리 모자 이야기

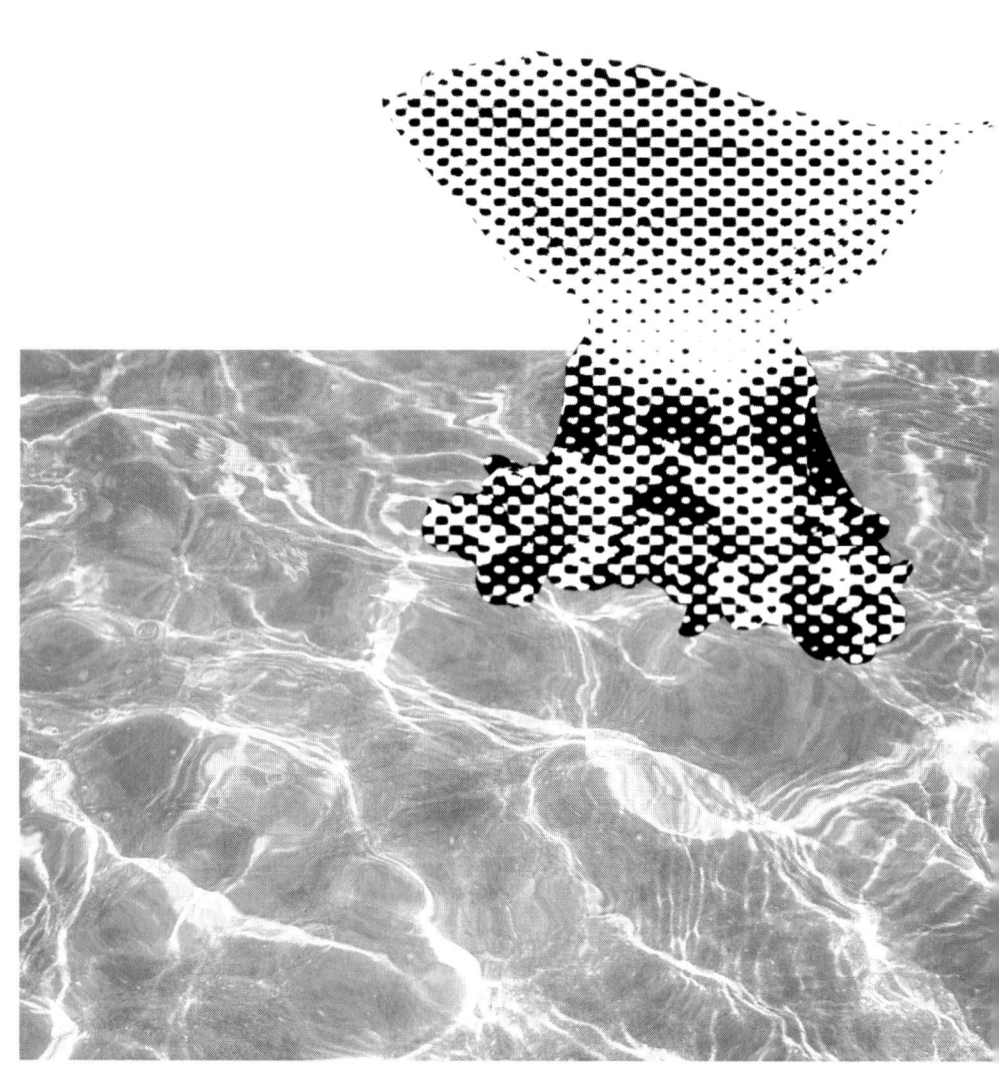

2300년경 가장 급속하게 번성한 생명체가 있다고 한다면 단언컨대 '해파리'다. 당신은 지구 온난화나 물고기 남획으로 말미암은 천적 감소 따위를 떠올리고 있겠지만 이즈음 해파리의 개체 수는 어림잡아 300억 마리 이상이다! 전 세계 인구가 100억이 조금 안되니까 한 명당 해파리 3마리를 갖는 셈이다. 더 놀라운 사실은 해파리의 주 서식지가 바다에서 육지로, 정확히 말해 '옷장' 속에서 살게 되었다는 사실이다.

AD 2222년 석유 고갈을 비롯한 많은 변화가 인류 앞에 들이닥쳤다. 석유를 대체할 만한 가장 유력한 자원은 바닷속의 망간단괴였다. 때마침 일본과 통일한국을 잇는 심해철도가 완성되었고 미국과 러시아 중국 역시 심해 정거장을 비롯한 심해도시 건설에 박차를 가했다. 심해는 달 탐사 시대의 우주가 그랬던 것처럼 거대한 블루오션이었다. 참고로 미항공우주국 나사는 세금낭비여론과 함께 2213년 해체되었고 대신 우주군이 창설되었다

두 번째 큰 변화는 바이오테크놀로지의 비약적인 발전이다. 22세기 말 이미 화학과 공학은 정체기에 접어들었다고 해도 과언이 아니었다

심해철도와 유라시아 횡단 열차로 구석구석 이어진 세계는 거대한 지하철을 연상시켰다. 오사카에서 심해열차를 탄 다음 횡단 열차로 환승만 하면 하루 만에 나폴리에서 피자를 먹을 수 있었다. 화학은 딱 연금술 직전까지 발전했다. 모든 것이 최

소의 에너지로 최대의 효율을 보장했다. 하지만 사람의 본성이 그렇듯 만족할 줄 몰랐으므로 무한동력이 새로운 화두로 자리 잡는다. 3차 오일 쇼크를 경험한 세대로서 유한 에너지에 대한 불신이 불러온 기류였다. 그리고 무한동력의 열쇠는 바이오테크놀로지에 있다고 사람들은 믿었다.

시작은 일본의 한 바이오연구센터에서 차세대 유기발광다이오드를 개발하면서부터다. 그들이 주목한 것은 심해 속에서 아주 적은 유기물만을 섭취하면서도 상당한 빛을 발하는 야광 해파리였는데, 오랜 노력 끝에 바다에서 지상으로 그들의 서식처를 옮기는 데 성공한다. 하지만 연구진의 바람대로 해파리가 유기발광 다이오드를 대체할 수는 없었다. 첫째로 광도가 약했고, 둘째로 기괴한 모양을 어찌할 수 없었다. 그들은 절망했지만, 전혀 다른 방향에서 뜻밖의 일이 진행되기 시작했다.

2291년 밀라노 패션쇼에서 처음 등장한 해파리 모자는 시대의 이상을 보여주는 듯했다. 부드럽고 가벼우면서도 마치 실크처럼 우아한, 그리고 빛나는 촉수로 하여금 미래 지향적인 아우라를 발산했다. 이후 샤넬은 새로운 토털패션의 일환으로 해파리를 시판했고 루이비통과 돌체 앤 가바나, 버버리가 뒤를 이었으며 보세 시장까지 퍼지면서 해파리 모자는 하나의 트렌드로 자리 잡게 되었다.

정부에서는 교통사고를 줄이려는 목적으로 모든 초등학생에게 해파리 착용을 의무화했다. 시리아와 요르단, 사우디아라비아 여인들은 히잡 대신 해파리를 쓰기 시작했고 신부들은 면사포용으로 개량된 긴 촉수의 해파리를 머리에 쓰는가 하면 가톨릭 교황 성 안드레아는 전통적인 교황관 대신 2m가 넘는 대왕해파리를 쓰고 광채를 뽐내기도 했다. 쓰는 방법은 간단한데, 정수리에 무취 가공한 문어 조각을 올리고 해파리를 쓰면 석 달에서 넉 달 정도는 화려한 빛을 발산한다.

심해도시가 완성되면서 유행은 더욱 번져나갔다. 심해도시는 심해철도의 허브로 기능했다. 그 때문에 관광과 유흥, 상업이 발달한 곳이다. 특히 중심가에 자리한 클럽 메갈로돈은 독특한 심해 마케팅으로 인기를 끌었다.

그 마케팅이란 다름이 아니라 1시부터 3시까지 불을 끄는 것뿐이었는데 춤추는 사람들의 해파리 모자에서 야광 촉수가 미친 듯이 찰랑거리며 온갖 색을 발산했다. 해파리 입장에서는 달라진 게 없는 풍경이었다.

코리안 할랄푸드의 슬픔

김정은이 마식령 스키장에서 사망한 해였다.

스위스 유학 시절 추억하며 상급자 코스에서 만리마 속도를 내고 있던 그는 늘어난 몸무게를 생각하지 않고 무리한 턴을 시도하다가 눈밭에 머리가 빻아 즉사하고 말았다. 한 달이 채 못되어 대한민국은 거짓말처럼 통일(당)했고 120배가 넘는 경제 격차의 충격을 완화하고자 대통령 jy는 현재 휴전선에 해당하는 자리에 임시 검문소를 설치했다. 하지만 이는 곧 엄청난 반발을 불러일으켰다. 한 국가의 국민에게 이동의 자유를 제한하는 정책은 그야말로 미봉책에 불과했다. 야당의 거센 반발과 매 주말 펼쳐지는 광화문 촛불시위에 jy는 골머리를 앓았다.

"제게 방법이 있습니다."

통일부 장관이 결재서류를 내려놓으며 말했다. 별 감흥 없이 서류를 펼쳐 본 jy는 이내 자세를 고쳐잡고 눈을 반짝였다. 이야말로 지금 대한민국이 처한 두 가지 문제를 한 번에 해결할 수 있는 묘수였다.

18년 5월 제주도에 발을 들인 무함마드는 절망하고 말았다. '여기 사는 게 너무 힘들다. 이슬람 레스토랑... 빵이 없다. 무슬림에게 어울리는 음식은 없다.' 선불제 휴대폰으로 트위터를 올린 그는 눈앞에 놓인 것은 컵라면과 데미소다 뿐이다. 이슬람 방식으로 도축하지 않은 돼지 뼈로 우려낸 국물이 무함마드의 눈물샘을 자극했다. 역지사지로 생각해보면 한국 사람이 한 젓가락 먹을 때마다 '세종대왕 개새끼'라고 외치는 기분일 테니 이해한다 쳐도 제주도에서 난민이 스스로 할랄푸드를 찾아다니는 것과 할랄푸드를 내놓으라고 땡깡을 부리는 것은 엄연히 달랐다. 많은 난민이 다시 돌아갔지만, 무함마드는 난민 임시 체류를 연장해가며 기약 없는 난민 수용을 기다렸다.

'통일 대한민국 근로자 모집 당신을 기다립니다.'

서귀포시 해수욕장을 서성거리던 무함마드는 아랍어로 쓰인 포스터를 뚫어져라 쳐다보았다. 2년 계약으로 안정적인 수익을 보장하며 매끼 할랄푸드를 제공하고 일을 끝낼 시 시민권을 주는 조건이었다. 무함마드는 더 볼 것도 없이 지원서 서명을 마쳤다.

2019년 함경도 특별자치구에 200여 명의 난민 노동자가 도착했다. 작업반장 리화평은 김일성 군사대학을 수석으로 졸업한 인민군 대좌였지만, 지금은 작업반장이나 하는 자신의 신세가 처량했다. 그나마 전범 처리되거나 묻히지 않고 공무원 신분이라도 유지하게 된 것은 그가 아랍어에 능통했기 때문이었다. 실의에 빠진 그 앞에 실의에 빠진 무함마드가 다가왔다.

"저희 그런데 다른 건 안줍니까?"

무함마드는 핼쑥한 얼굴로 강냉이죽 그릇을 바라보았다.

"양이 부족해? 저기서 좀 더 떠가"

리화평은 익숙한 아랍어로 답했다. 그가 가리킨 곳에는 강냉이죽이 담긴 거대한 단지가 있다.

"그런 거 말고 허머스나 파라펠, 양고기 같은 건 없습니까?"

"없어 그런 거"

격분한 무함마드는 리화평의 안면에 주먹을 날렸다. 강냉이죽만 120일째였다. 주체 격술의 달인이었던 리화평은 무함마드의 주먹을 간단히 피하고 강냉이죽에 빠진 국자를 빼 들고 휘둘렀다. 국자로부터 4m 정도 솟아오른 죽은 정확히 무함마드의 식판에 떨어졌고 그의 운동신경에 무함마드는 전의를 완전히 잃고 말았다.

"디스 이스 코리안 할랄푸드 오케이?"

리화평의 말이었다.

2년은 금방 지나갔다. 많은 난민이 본국으로 돌아가고 몇 남지 않았지만, 무함마드는 여전히 그곳에 있었다. 새로 도로가 뚫리고 휴전선 임시 검문소가 철거되면서 통일 대한민국은 진정한 통일국가로서 면모를 갖추게 되었다. 무함마드가 시민권을 받고 가장 먼저 한 일은 근처 cu를 찾아가 육개장에 데미소다, 의성마늘소세지를 사 먹는 것이었다.

아기곰 삼형제

옛날옛날에 아기곰 삼 형제가 살았어요. 나이가 차 독립을 하게 된 아기곰 삼 형제 중 첫째는 지푸라기로 된 집을, 둘째는 나무로 된 집을, 막내는 철근콘크리트로 된 집을 지었습니다.

그러던 어느 날, 늑대 한 마리가 첫째의 집에 찾아왔어요. 긴 주둥이로 바람을 불자 지푸라기로 된 집은 모두 날아가고 말았습니다. 일을 마친 늑대는 말했어요.

"어휴 그지같은 지푸라기집…. 그러게 좀 빨리 빼지, 용역 일도 지겹다 지겨워…."

하지만 돼지가 있을 것이라는 늑대의 예상과 달리 그곳에는 200kg이 넘는 헬창 근육질의 첫째 갈색 그리즐리 베어가 눈을 부라리고 있었기에 그저 눈치를 보다 도망쳤지만, 날아간 집이 다시 돌아오는 것도 아니었기 때문에 첫째 곰은 하는 수 없이 서울역 노숙자가 되었습니다.

그즈음 둘째 곰의 나무집에는 고지서가 날아와 있었습니다. 열악한 반지하에 방한이 제대로 되지 않았던 둘째 곰은 잦은 난방으로 누진세 폭탄을 맞았어요. 마침 일조량 부족으로 우울증을 앓고 있었던 둘째 곰은 두더지에게 집을 넘기고 집값이 싼 지방으로 내려갈 준비를 마쳤습니다.

"아니 형님 이게 무슨 일입니까?"

서울역에 도착한 둘째는 노숙자가 된 첫째를 보며 말했어요.

"용역이 들이닥쳐서 집을 다 박살 냈지 뭐냐, 너는 여기 웬일

이야?"

"반지하 살기가 너무 힘들어서 집 팔고 지방으로 내려가는 길입니다."

나무집을 판 둘째의 주머니에는 지방의 월세방 정도는 들어갈 수 있는 보증금이 있었어요. 둘째는 함께 내려가자는 첫째의 제안을 흔쾌히 받아들였습니다. (월세를 첫째가 부담하기로 했거든요.)

"그럼 지방으로 내려가기 전에 막내 얼굴이나 한번 보는 게 어떠냐?"

"좋습니다 형님."

첫째 곰과 둘째 곰은 반포동의 막내를 보러 지하철에 올랐어요. 사람들은 둘째 곰의 초라한 행색과 첫째 곰의 지독한 악취에 눈살을 찌푸렸습니다. 도망치듯 지하철에서 내린 둘은 마중 나온 막내의 모습에 눈을 떼지 못했습니다. 양복을 빼입고 롤렉스 시계를 찬 막내의 모습은 둘의 행색과 너무나 달라 보였기 때문입니다.

"형님들 대한민국은 부동산이에요. 대출을 받아서라도 집을 샀어야죠, 미련 곰탱이에요? 오르면 팔고, 대출금 갚고 차익만 챙겨요. 그거만 몇 번 반복해도 저처럼 살 수 있어요. 집값은 어차피 오를 수밖에 없어요. 부동산 정책이요? 걱정할 거 없어요. 어차피 국회의원 걔들도 부동산 다 해요. 저만 믿고 해보라니까요? 이게 그렇게 어려워요? 주부 대학생도 요즘 다 하던데…."

막내의 말에 설득된 두 형제는 받을 수 있는 대출을 모두 받아 집을 샀습니다. 저금리 대출의 이자는 견딜만했고 막내의 말대로 정부의 규제는 아무런 실효성도 없었어요. 주부와 대학생까지 끼어든 투기판은 날이 갈수록 과열되었고 집값은 하루가 다르게 뛰어올랐습니다.

다음 해 여름 거짓말처럼 금리가 오르고 이상한 기류가 흐르더니 엄청난 물량의 주택이 공급시장에 매물로 쏟아져 나왔어요. 3억짜리 집은 순식간에 반 토막이 났고 레버리지 투자에 올인했던 첫째와 둘째는 빚쟁이가 되어 서울역에 노숙자로 살게 되었습니다.

아, 막내는 잘 알고 지내던 은행 지점장의 조언으로 위기를 슬기롭게 넘길 수 있었습니다. 대한민국은 인맥이라는 사실을, 막내는 알고 있었거든요.

거꾸로 매달린 의자

'이럴 리가 없다.'

서향 아파트에 아침부터 해가 들 리 없었다. 창문에 해가 드는 것은 대낮과 저녁뿐, 아침 햇살과는 인연이 없었다. 나는 숙취가 가시지 않은 눈으로 베란다를 응시했다. 두 가지 추론을 해보았다. 첫째 해가 서쪽에서 떴다. 둘째 아파트가 동향으로 위치를 바꿨다. 둘 다, 불가능한 일이었다.

뭐라도 나올까 싶어 소파에 누운 채로 뉴스에 채널을 맞췄다. 큼지막한 자막이 눈에 띄었다. '태양 오늘 서쪽에서 떠'라는, 만우절 장난 같은 문구. K대학 천문학 교수를 비롯한 남녀 아나운서가 진지한 분위기에서 말을 주고받았다.

"교수님 말씀대로라면, 지동설에 오류가 있다는 말씀인가요?"

교수는 최초로 지동설을 주장했다는 코페르니쿠스의 우주관이 담긴 역법서와 조선 세종대의 칠정산, 고대 이집트의 프톨레마이오스 역법서와 미국 나사에서 배포한 현대 역법서를 비교 대조하며 알 수 없는 소리를 읊어댔다. 인간은 대기권 밖을 한 번도 벗어난 적이 없으며, 과거 역법서나 현대 역법서나 온전히 신뢰할 수 없기는 마찬가지라는 말이 이어졌다.

"코페르니쿠스는 간결함을 신봉하는 사이비 천문학자였습니다. 지구를 중심에 놓게 되면 천체의 움직임이 기계식 시계에 비할 만큼 복잡해지는 데 반해 태양을 중심에 놓게 되면 태양을 중심으로 모든 천체가 간결한 원을 그리게 됨으로써 보기

좋은 모양이 되긴 합니다만, 오늘 해가 서쪽에서 뜬 것은 그런 예측이 전적으로 빗나갔기 때문이라고밖에 볼 수 없습니다."

"그렇다면 교수님은 천동설을 주장하시는 건가요?"

단발의 아나운서가 교수를 바라보며 물었다.

"물론 그렇지 않습니다. 현재로서는 아무것도 확실하지 않아요. 다만, 최초의 역법서인 프로톨레마이오스 역법서에는 행성이 거꾸로 움직이는 행성 역진 현상이 명백히 명시되어 있습니다. 조선의 칠정산에도 태양은 아니지만, 화성의 역진 현상이 나타나 있으니 참고할만한 자료라고 생각합니다.

갑작스레 갈증이 몰려왔다. 어젯밤 술을 너무 많이 마신 탓일까? 옷에서 톡 쏘는 냄새가 났다. 생수를 들이켜고 세수를 했다. 화장실 안이라 TV 소리가 잘 들리지 않았다. 정신을 차리고 나면, 모든 것이 제자리에 돌아와 있기를 바랐다. 하지만 내가 머리를 다 말리고 소파에 앉을 때까지 해는 쨍쨍했고 TV는 이해할 수 없는 소리를 해댈 뿐이었다. 나는 TV를 끄고 다시 소파에 널브러졌다.

TV를 끄자 두려움이 엄습해왔다. 이러다 내일 당장 중력이 역전되기라도 하면 어떡하란 말인가, 나는 만일을 대비해 천장에 의자 하나를 붙여놓기로 했다.

우리집 지나쳤어

통학버스는 답답했다. 그래도 나만큼 멀리 사는 학생은 드물어서 집에 닿을 때면 2, 3명이 남아 이어폰을 끼고 졸거나, 창문을 바라보곤 했다. 야자는 11시까지 이어졌다. 피곤함에 절어 통학버스에 올라탈 때면 종종 자전거를 타고 통학했던 날들을 생각했다. 손바닥에 굳은살과 허벅지에 붙은 근육, 힘겹게 언덕을 오를 때마다 당기던 가슴 근육, 자오르던 숨은 내뱉을 때마다 유리창에 닿아 한 치 앞도 볼 수 없는 안개로 화하고 있었다.

너는 내 옆자리에 앉았어. 도서관에서 몇 번 마주친 적이 있었지 '이제 자전거 안 타더라?' 나는 힘들어서 그렇다고 얼버무리고 창문으로 고개를 돌렸어. 눈이라도 내렸으면 좋겠다고 생각할 때쯤 네가 다시 물었어. '대학은 어디 갈 거야?' 진지한 눈빛을 한 너는 불안해 보였고 입은 무언가 말하고 싶어 하는 눈치였지 나는 좀처럼 말을 하지 않았지만, 그게 내 말문을 열었어. 우리는 그날 참 많은 이야기를 했었지, 버스는 아파트 단지를 4개쯤 지나 우리 집에 닿았어.

'우리 집 지나쳤어.'

너는 버스에서 내려 나지막이 말했어. 밤은 어두웠고 시내버스는 끊긴 시간이라 어쩔 수 없이 바래다주기로 했지 멀지 않은 곳에 네 집이 있었어. 우리는 시간을 한없이 늘려 붙잡고 있는 것만 같았어. '안녕' 어색하게 손을 올려 보였어. 너는 갑작스레 파고들어 내 손을 붙잡았지. 숨이 벅차올랐어.

네가 같은 대학을 지원했지만 떨어졌다는 이야길 들었어. 종종 버스에서 마주칠 때도 어색하게 웃을 뿐이었지, 대학교에 진학하고 애인이 생겼을 때도 그날 같은 밤이면 네가 떠오르곤 했어. 어쩌면 그건 우리가 느꼈던 불안감과 외로움이 만들어낸 찰나가 아니었을까? 아닐지도 모르겠어. 아, 보고 싶다. 준식아.

내 이름은 김맑스

"엄마 왜 엄마 이름은 별이에요?"

"응 그건 너희 할아버지가 별을 좋아했기 때문이란다. 맑스야."

살면서 이름에 딱히 불만을 품은 적은 없었다. 오히려 좋아했을까? 전교생 그 누구도 'ㄺ'받침이 들어간 이름이 없었다는 점이 약간 마음에 들었다. 책에도 실내화에도 풀네임 대신 'ㄺ'라는 글자를 이니셜처럼 큼직하게 쓰고 다녔다. 친구들도 내 이름에 호감 섞인 관심을 보였다. 다만 선생님들은 내 이름을 부를 때 뭔가 미묘한 표정을 짓곤 했다.(특히 사회 선생님) 그들은 알고 있었던 것이다!

초등학교 5학년쯤 한 아이가 '맑스 평전'이란 낡은 책을 빌려와 내 앞에 들이밀었다. 털복숭이 남자와 주둥이만 수염을 기른 남자가 나란히 찍힌 사진, 열두 해를 살아오면서 가장 충격적인 삶의 비밀이 들추어진 순간이었다.

"엄마 왜 내 이름은 맑스에요?"

나는 벌게진 눈으로 따지듯 물었다.

"그건... 아빠한테 물어보렴."

엄마는 소파에 엎드려 배를 긁는 아버지를 바라보았다.

물을 필요가 없었다. '마르크스를 좋아해서' 따위의 말은 듣고 싶지 않았다. 나는 방문을 걸어 잠그고 단식투쟁에 돌입했다. 이름을 바꿔주기 전까지는 어느 것 하나 입에 대지 않을 생각이었다. 하지만, 한밤중 몰려오는 허기는 생각보다 강렬했다.

12시가 지난 시간, 몰래 나와 냉장고 문을 열었다. 카스테라다. 행복함도 잠시, 냉장고 불빛 너머로 어떤 시선이 느껴졌다. 카스테라를 입에 문 채 돌아본 소파에 아빠가 엎드려 나를 주시하고 있었다.

"아들아 투쟁은 그렇게 하는 게 아니란다."

그 순간 카스테라가 기도를 틀어막았다. 그날 나는 응급실에서 깨어났고 한 달 뒤 새 이름을 갖게 되었다. 이후 아버지는 다시는 투쟁 어쩌구 하는 말을 꺼내지 않았다.

흑당버블티의 슬픔

흔히 흑당버블티의 원조를 대만으로 보는 경우가 많지만, 이는 잘못된 것이다. 흑당버블티의 기원은 생각보다 훨씬 유구하며, 동서양을 가로질러 한반도에 도래하였다.

부처님께서 세상에 도래하실 때 '초파'라는 근육질의 사슴과 함께 이 세상에 내려왔는데, 이 초파의 입에는 보리, 쌀, 밀, 그리고 사탕수수가 물려 있었다. 이 설화가 현재 말하는 '초파일'의 기원이며, 이 이야기가 서구로 넘어가 산타클로스의 기원이 되었다. 그리고 초파는 콜라가 아닌 흑당으로 제조한 음료를 마시고 있었다.

영국이 대항해 시대를 맞아 아메리카 대륙에서 발견한 음료수도 사실 코코아가 아닌 흑당이었다. 당시 아즈텍 사람들은 가축이 없었기 때문에 높은 열량을 얻기 위해 흑당을 정제해 고체화해서 가지고 다녔는데, 신대륙의 환경에 지친 영국 병사들이 이 흑당을 먹고 기운을 차리는 걸 보고 콜럼버스는 이를 영국에 수입한다. 하지만 비정제된 흑당은 그 자체로 쓴맛이 강했기 때문에, 영국 귀족들이 밀크티에 조금씩 넣어먹기 시작한 것이 흑당버블티의 기원이라는 설도 있다.

하지만 나는 조금 다르게 생각했다. 고문헌에 따르면 흑당은 고대 인도에서 기원해 한국에서 시작했다. 대만은 제국주의 시대 동안 일본의 압제에 의해 사탕수수 플랜트 농업을 시작하면서 흑당버블티를 상업화하는데 성공했지만, 우리나라에도 분명 뿌리 깊이 박힌 흑당의 역사가 있을 것이라 믿었던 것이다!

나는 도굴꾼 최씨와 함께 김수로 왕릉에 도착했다. 가야 시대에 김수로의 왕비는 '허황옥'이라는 고대 인도계 여성이었다. 드라비다족의 공주로 내전을 피해 배를 타고 한반도까지 도래했다는 기록이 사서에 남아있다. 나는 크루즈 위 썬배드에 몸을 기댄 채 양쪽에서 부채질을 받으며 흑당버블티를 마시고 있는 그녀의 모습을 똑똑히 떠올렸다.

"김씨 문서를 찾았네, 근데 나는 읽을 수가 없구먼"

김씨는 언뜻 봐도 이국적인 냄새가 나는 유리잔 몇 개와 낡고 오래된 두루마리를 하나 건네주었다. 거기에는 산스크리스트어보다 훨씬 이전에 쓰인 드라비다 어가 쓰여 있었다.

문서를 해독하는 데 2년이 걸렸다. 문서에는 흑당의 제조법과 함께 타피오카 펄의 제조법, 이를 조합한 흑당버블티의 제조법까지 모두 나열된 것이었다. 비로소 인생을 바쳐 연구한 흑당버블티 인도 기원설과 가야 도래설이 가설이 아니었음을 입증한 셈이었다. 나는 곧장 대출을 받아 서울에 두 군데, 광역시와 신도시 각 여덟 군데에 점포를 열어 우리가 잃어버린 흑당버블티의 역사를 되새겨주기로 했다.

*

위 기록은 도굴과 장물 팔이로 재산을 모아 '메가 흑당버블티'라는 체인점을 만든 김씨가 법정에서 한 말을 기록해 둔 것이다. 처음에는 흑당버블티의 레시피 저작권을 침해한 혐의로 대만 업체에서 고소한 것이었으나, 문화재 도굴까지 스스로 자백함으로써 김씨는 '메가 흑당버블티'의 영업정지 처분과 함께 문화재 불법 노굴 혐의로 두 번째 재판을 기나리고 있다.

바티칸 금서원의 비밀

16C 이탈리아반도에 사는 장 르노 카르티에 씨는 평범한 청도교의 수도사였다. 수도원의 서가를 관리하며 직급을 높여 오던 그는 장로들의 신뢰를 바탕으로 금서를 관리하는 금서원의 책임자가 되었다. 그러던 어느 날 코페르니쿠스의 '지동설'이라는 책을 읽은 카르티에는 혼란에 휩싸였다.

  '아…. 지구가 태양을 1년 만에 공전하고, 하루에 한 바퀴를 자전한다면, 도대체 우리는 어떻게 지구 위에 붙어있는 것인가? 그 엄청난 속도를 어떻게…. 어지럼증도 없이 견딜 수 있는 거지?'

  카르티에는 매일 고민했다. 그는 매일 5시간 가까이 명상을 하며 차갑고 거대한 우주의 침묵과 속도, 태양 중심의 완벽한 궤도를 상상했다. 그러던 어느 날 카르티에는 수도원의 가장 높은 건물에서 달을 보며 명상을 하던 중이었다. 갑자기 머리가 핑~ 하고 도는 어지럼증이 그의 머리를 강타했다.

  '드디어 지구의 자전을 느낄 수 있게 되었어!' 카르티에는 흥분했다. 그의 균형감각은 각성하여 천체의 움직임과 회전하는 속도를 느낄 수 있게 된 것이었다.

  그는 금서원은 내팽개쳐두고 매일 수도원의 높은 건물에 올라 명상을 시작했다. 어지럼증이 점점 강해지고, 지구의 속도가 점점 빠르게 느껴졌다. 동료들은 그가 공중 부양한 모습을 보았다고도 하고, 이상한 마법을 부린다는 소문이 수도원에 퍼지기 시작한다.

이 소식을 들은 장로회는 악마와 내통한 죄로 카르티에를 구금하려고 했지만, 그가 수행하던 수도원의 방문을 여는 순간 믿을 수 없는 광경이 펼쳐졌다. 카르티에의 몸이 창문 밖으로 '튕겨 나간' 것이다! 그는 무지막지한 속도로 공중으로 튕겨 나갔다. 텅 빈 방에는 달빛만 형형하게 빛났다.

그 사건을 장로회는 절대 비밀에 부쳤지만, 그 기록은 금서원에 이렇게 남아있다. '수도사 장 르노 카르티에는 지구의 공전과 자전으로 최초로 지구 밖으로 튕겨 나간 사람이다.'

탈모르파티

인간의 본질은 무엇일까?

나는 키틴이라고 생각한다. 케라틴이라고도 부른다. 케라틴은 풍뎅이 같은 곤충의 외골격을 이루며 동물의 뼈, 깃털, 뿔, 발톱에도 케라틴이 분포해 있다. 반질반질하고, 단단하며, 쉽게 변하지 않고, 강한 인장강도를 지닌 단백질 조직이다. 키틴군의 영양제는 뼈, 연골 건강에 도움을 준다. 소위 '살을 주고 뼈를 취한다'는 말은 '비본질적인 것을 내어주고 본질을 취한다'는 의미가 있으니 나의 주장을 뒷받침하는 셈이다. 한마디 더 하자면, 전쟁이 날 때 군인들은 손톱과 머리카락을 남기고 전장에 투입된다. 이 정도면 말 다 했지 싶다.

나는 본질을 조금씩 잃어가고 있었다. 오랜 숙고 끝에 내린 결론이다. 아버지는 머리가 풍성하다 못해 빽빽하고, 어머니, 할아버지, 외할아버지까지 가족력이 없는 축복받은 집안이지만, 어째서인지 나는 이십 대 중반이 지나 머리카락이 조금씩 빠지기 시작하더니 현재는 정수리가 은근히 비쳐 보일 정도로 머리숱이 줄어들었고 이마 라인까지 후퇴하고 있음을 느낄 수 있었다.

처음에는 스트레스 탓, 계절 탓을 해보았지만 사촌 형들도 30대 중반이 지나면서 유전성 탈모가 아니면 설명할 수 없을 정도로 머리가 벗겨진 것을 목도하고 절망에 휩싸였다. 우리 셋은 누가 봐도 비슷하게 생겼고, 체구도 비슷했으며, 목소리까지 닮았는데 그나마 다른 점이 있다면, 가장 어렸던 내가 머리숱이 더 많다는 점이었다. 이마저도 언제까지 유지될지 알 수 없는 노릇이었다. 범인은 증조할아버지가 아닐까?

미친 사람처럼 해결책을 찾기 시작했다. 장담하건대 '미친 사람처럼'이라는 표현이 결코 과장이 아니었다. 30대가 되었지만, 여자친구도 없었고(사촌 형들은 머리카락이 빠지기 전에 모두 결혼했다.), 박봉인 직장에, 이렇다 하게 이루어놓은 것도 없는데 머리카락마저 잃을 수 없었다. 탈모에 좋은 음식, 약, 시술, 심지어 역사까지 공부했다. 공룡의 이름을 줄줄 꿰는 5살 남자아이처럼 광적인 몰두였다.

의학의 아버지 히포크라테스도 탈모의 치료를 시도한 적이 있다. 처음에는 아편과 장미, 아카시아즙을 배합해 만든 탈모약으로 치료를 시도했지만 좋은 향기만 날 뿐 머리카락이 자라나지 않았고 두 번째로 비둘기 똥과 고추냉이를 배합하여 '머리카락용 비료'를 만들었지만 지독한 냄새만 날 뿐 머리카락은 한 올도 나지 않았다. 마지막으로 제시한 수단이 남성의 소중한 부분을 자르는 것이었다.

어처구니없다고? 하지만 의학의 아버지답게 '남성'이 탈모에 영향을 미친다는 것을 고대 그리스 시절부터 간파하고 있었다는 게 나는 놀라웠다. 남성형 탈모는 남성 호르몬인 테스토스테론이 5-AR라는 효소를 만나 DHT 호르몬으로 바뀌어 모낭 세포를 공격함으로써 발생한다. 탈모약으로 불리는 프로페시아와 두타스테로이드는 모두 5-AR효소를 억제함으로써 더 이상 탈모가 진행되는 것을 막는다(안타깝게도 머리카락이 새로 나지는 않는다.) 여기서 탈모인은 두 가지 선택지를 마주한다. 약을 먹지 않고 대머리독수리로 사느냐, 약을 먹고 내시로 사느냐 사이의 선택이다!

그리고 나는 고심 끝에 내시의 길을 선택했고, 먹어본 결과 우려했던 부작용은 없었고(내시는커녕 대장군에 가까웠다.) 탈모도 더는 진행되지 않았다.

본질을 지키는 일에는 대가가 필요하다. 돈이 든다는 말이다. 의료보험이 적용되지 않는 탈모 치료의 특성상 매월 14만 원에 달하는 약값을 최저 시급에 달하는 월급으로 감당하기 어려웠다. 미친 듯이 찾아본 결과 이미 프로페시아 계열의 약은 시효가 되어 복제약을 생산하고 있었으며, 특히 인도에서 생산되는 복제약은 성분이 같지만 1/4 수준의 가격으로 해외직구가 가능했다. 나는 1년 치 인도산 프로페시아를 구매했고 그로부터 얼마 지나지 않아 '코로나' 사태가 발발했다. 매일 아침 약을 먹고 출근하면서 마스크를 썼다. 마스크 몇 달만 쓰면 되겠지, 코로나도 곧 잠잠해지겠지 싶었는데, 2020년은 괴질과 함께 증발해버렸고 어느덧 2021년이 다가왔다.

설을 앞두고 한가지 고민이 생겼다. 인도에서 직구 해온 프로페시아가 전부 떨어졌기 때문이다. 구매처에서 코로나로 인해 해외직구가 지연된다는 공지가 올라와 며칠 약을 끊고 기다려보았지만, 다음 올라온 공지는 놀랍게도 해당 공장에서 코로

나가 퍼져 언제 배송해올 수 있을지 알 수 없다는 내용이 적혀 있었다.

'스트레스받지 말자, 스트레스받지 말자'

나는 머리를 감싸 쥐며 되뇌었다. 스트레스는 탈모에 좋지 않기 때문이다.

고민 끝에 설날 하루 전 연차를 냈다. 서울에서 일이 끝나자 마자 광주로 내려간 다음 다음날 오전 병원에 가기로 했다. 비싸긴 해도 더 이상 약을 미룰 수 없었다. 최소 인도 공장이 복구되기 전까지는 국내에서 약을 처방받아 먹는 게 머리카락을 위해 상책이었다.

"얘 너 어디 가니?"

엄마가 말했다.

"병원 좀 다녀오려구요."

"어디 아파?"

"아…. 뭐 별거 아니에요"

차마 체면이 있어 탈모가 진행되고 있다고 차마 말하지 못했다. 병원은 설 연휴 전날이라 그런지 환자로 붐볐다. 코로나가 극성이라 체온을 재고 손 소독제를 바른 다음 접수증을 뽑았다. 진료까지 꽤 오랜 시간을 대기해야 했다.

"한번 앞머리를 까 보시겠어요?"

의사 선생님의 말에 앞머리를 올려 보였다. 선생님은 한동안 나를 바라보더니 말없이 처방전을 작성하기 시작했다.

"저희는 프로페시아 밖에 처방 못 해 드려요. 2달 치 드릴까요? 3달 치 드릴까요?"

"3달치 주세요."

"약값은 42만 원인데 괜찮으시겠어요?"

"그럼 2달 치 주세요."

병원을 나서며 기원했다. 앞으로 2개월 안에 어떻게든 인도 공장이 복구되고 약이 수입되기를, 월세에, 식비에, 지출해야 할 돈이 많았다. 반강제로 대머리독수리의 삶의 살게 될지도 모른다는 두려움이 엄습해왔다. 2달 치 약값에 자전거 두 대를 태웠다.

그날 밤 잠자리에 들기 어려웠다. 원체 잠자리를 가리는 편이기도 했고, 이런저런 생각에 쉽게 잠이 들 수 없었다. 로마 황제였던 카이사르도 탈모를 두려워했다는 이야기가 생각났다. 쇠하는 머리숱만큼 자신의 권력이 줄어든다고 생각했다나? 밤마다 마사지를 받고 양모제를 발랐지만 그런 걸로 해결될 문제가 아님을, 2000년이 족히 지난 지금에 와서도 풀지 못했음을 미래인인 나는 알고 있었다.

문제는 서울에 도착하고 나서였다.

"너 어디 많이 아프니? 피부병 도진 거야?"

휴대폰 너머로 어머니의 걱정스러운 목소리가 들려왔다.

어려서 예민한 피부로 고생이 많았다. 생각해보니 아차 싶었던 게, 탈모 약을 처방받고 난 구매 영수증과 봉투를 그대로 집에 두고 왔다. 청소하시다가 발견한 모양이었다. 무슨 약인지는 모르겠으나 28만 원이라는 높은 액수와 동네 큰 병원의 이름이 찍혀있으니 놀랄 만도 했다. '어…. 엄마 별거 아니야 지금은 괜찮아졌으니까 너무 걱정하지 마'라고 말하곤 전화를 끊었다. 그 순간 눈앞에 머리카락이 몇 가닥 떨어졌다. 눈물이 났다.

연휴가 끝나고 다시 회사에 출근하면서 빠지는 머리카락의 개수가 눈에 띄게 늘었다. 환절기라 그런 것인지, 아니면 새로운 약이 몸에 받지 않는 것인지, 잠깐 끊었던 그 기간 축적된 DHT호르몬이 이제야 두피를 공격하는 것인지 모르겠지만 뿌리는 약, 먹는 약, 비타민제를 총동원해도 머리카락이 빠지는 속도를 따라갈 수 없었다.

"어 요즘 머리카락 빠지네?"

직장 동료가 눈치 없이 말했다.

마음 같아선 책상을 뒤엎고 소리라도 지르고 싶었으나 사람 좋게 웃어 보이고 말았다. 동료 직원들이 몰래 주식 앱을 보거나 옷 쇼핑을 하는 동안 나는 탈모 샴푸를 검색했다.

그날 밤 스님이 나오는 꿈을 꾸었다. 스님이 나의 목을 조르더니 점점 머리카락이 풍성해진다. 나는 스님의 머리카락이 풍성해지는 만큼 머리숱이 줄어들다가 마침내 대머리가 되고 말았다.

"사람의 가장 본질은 머리카락이지, 썩거나 변하지 않잖아? 이제 너는 본질을 잃은 거나 마찬가지야! 하하하하!"

비명을 지르며 잠에서 깨었다. 새벽 두 시였다. 화장실 거울 앞에서 앞머리를 까 보기도 하고 손거울로 뒤통수를 비춰보기도 했다. 뭐랄까, 머리카락이 빠진 것도, 그렇다고 빠지지 않은 것도 아닌 모호함이 최저 시급에 3년째 사람을 부려 먹는 직장이라거나, 30대에 와서도 비 자발적 독신주의자가 된 나의 처지와 겹쳐 보였다. 그것은 너무나, 너무나 모호한 것이다.

가위를 가져와 머리를 자르기 시작했다. 뭉텅뭉텅 머리카락이 잘려나간다. 대충 짧아진 머리는 유튜브를 보고 면도기로 밀었다.(현직 스님분께서 친절하게 알려주셨다.) 머리카락 따위가 뭐라고 그토록 애를 썼을까? 체면이 뭐라고 가족까지 속이며 혼자 속앓이를 했는지 머리를 다 밀고 보니 후회스러웠다. 새벽 네 시, 카이사르의 표현을 빌리자면 내 머리카락들은 마침내, 루비콘 강을 건너버리고 말았다.

다음 날 아침 세수를 하면서 동시에 머리를 감을 수 있음을 깨닫고 감탄했다. 옷을 챙겨입고 뿌리는 탈모 약에 습관적으로 손이 갔으나 도로 내려놓았다. 문을 열고 집 앞을 나서는데 머리가 상쾌하다. 아모르파티, 독일 철학자 니체의 운명관이다. 삶이 만족스럽지 않거나 힘들더라도 운명을 받아들이고 사랑하라는, 잔인하고 아름다운 말에 무릎을 꿇을 수밖에 없었다. 남몰래 눈물을 쏟아냈던 시간, 체면 차리던 시간이 아련한 추억처럼 다가왔다. 나는 내 머리카락이 아니다. 나는 나일 뿐이다. 내 인생은 탈모르파티다.

게비스콘은 위험해

2013년 바티칸에서 프란치스코 교황이 즉위하고 티베트의 달라이라마가 중국에 독립을 요구하며 정권을 쥐었을 때, 인도 빈민가의 크리슈나 씨도 기이한 종교적 체험과 함께 새로운 성인 반열에 오르게 되었다. 무려 36시간 동안 사어(死語)인 고대 인도어를 쏟아낸 이후 세상에서 가장 관대한 인간이 되어 사람들에게 사랑과 치유를 전파했다.

크리슈나 씨는 불가촉천민 계급으로 중풍을 앓는 노모를 모셨다. 아들 핫산은 어떤가 하면, '생양아치'라는 표현이 아깝지 않았고 아내는 크샤트리아 집안에 하녀 일을 하다가 주인과 눈이 맞아 달아난 지 오래였다. 괴로운 일상은 크리슈나 씨를 '만성두통'이라는 끔찍한 고통 속으로 몰아넣었다.

'생각에 체해서 그래, 소화제를 뇌에 쓰면 어떨까? 뇌나 장이나 생긴 것도 비슷한데….'

크리슈나 씨는 이 생각에 따라 노모가 쓰던 링겔에 게비스콘 2통을 녹여 담은 다음 자기 정맥에 꽂았다. 혈관을 타고 돌다 뇌에 닿을 터였다. 그날 밤 그는 기묘한 꿈을 꾸었다. 흰옷을 입은 소방관들이 자신의 뇌 속에 들이닥쳐 흰 액체를 마구 분사하는 꿈이었다. 잠시 후 검고 끈적끈적하고 기분 나쁜 '어떤 것'이 하수관 터지듯 쏟아졌다.

크리슈나 씨는 눈을 뜨곤 비명을 지르기 시작했다. '방언의 시작', 방언이 시작되고 12시간 후 세계 각기의 언어 전문가가 그의 방언을 녹취해 해석하려 했지만, 아무도, 아무것도 얻어

낼 수 없었다. 본인에게 직접 물었을 땐 그저 사람 좋은 미소를 지으며 함구할 뿐이었다. 음모론자들은 그의 말이 '세계 종말에 대한 메시지'라고 말하기도 했고 '영생의 비밀이 담긴 주문'이라고 믿기도 했다. 그게 사실 노모에 대한 원망과 자식에 대한 실망, 아내에 대한 저주가 담긴 36시간짜리 욕설이란 걸 아는 사람은, 아직도 크리슈나 씨 본인밖에 없다.

동물농장

22C 초 인류가 거짓말처럼 멸망하고 세상은 잠시 평화를 맞이하는 듯했으나 너무나 무료했던 신은 그간 인류가 독차지했던 지성을 균등 분배하기 시작했으며, 불과 반세기 만에 온갖 동물들이 서로 의사를 소통할 수 있을 정도로 급격한 진화를 겪게 되었다.

그들은 독자적인 문명을 만들었고 문자, 화폐와 같은 문명의 산물이 유통되기에 이르자 고대 그리스를 연상시키는 도시국가를 만든다. (인간이 만들어놓은 제반 시설은 아직 쓸만해서 금세 영리한 동물들의 차지가 되었으므로)

그들은 토론하고 연설하며, 머지않아 법률을 제정하였다. 의회는 강아지와 고양이를 차별하여서는 안 된다는 법을 통과시켰고 그것을 윤리라고 불렀다.

문제는 토끼들의 소송에서 불거졌다. 호랑이는 토끼를 잡아먹으므로 호랑이를 감옥에 가두어야 한다는 게 소송의 요지였다. 결의에 찬 토끼의 비밀결사들은 호랑이에게 잡아먹히는 무수한 동물을 연합하였고 마침내 호랑이들은 힘 한번 써보지 못하고 감옥에 가두어져 양심의 가책과 죄책감을 주입 받게 되었으며, 이내 순화되어 토끼의 친구가 되었다.

귀여운 토끼를 잡아먹는 것은 죄악이다. 호랑이들은 감옥에서 죽거나 초식 동물로의 변신을 꾀했다. 호랑이는 토끼는 물론이고 이제 아무 동물도 먹지 못하게 되었으므로 물론 그들도 결국 죽게 되었다. 그들은 마치 순교자 같은 인상을 풍겼다.

동물들은 수명이 짧았으므로 세대교체가 빨랐다. 토끼를 비롯한 대부분 동물의 찬성으로 통과된 '평화법'이 실행되자 아이러니하게도 세대가 거듭될수록 멸종하는 동물들이 나타나기 시작했다. 사자, 곰, 치타, 늑대, 나중에는 심지어 고양이까지도

때마침 동물들 사이에서는 한 가지 소문이 돌았다. 하늘 어딘가에 '슈가캔디마운틴'이라는 곳이 있어서 호랑이나 사자 그 어떤 동물이라도 토끼와 평화롭게 살 수 있는 곳이 있는데, 윤리적 동물들이 죽으면 그곳에 가게 된다는 이야기였다. 많은 동물이 그 이야기에 매혹되었고 멸종은 가속화되기 시작한다.

지구상에 토끼만 남게 되었을 때 그 엄청난 번식력으로 말미암아 지구상의 풀들이 전부 다 사라지고 토끼 역시 멸종을 맞이한다.

풀 한 포기 동물 한 마리 없는 지구를 바라보던 신은 너무나, 너무나 무료하였고 너무나 무료한 나머지 바이러스에 지성을 부여했다가 일주일 뒤 감기에 걸려 사망하게 된다.

나도 약하자

안타깝게도 유명을 달리한 지 오래인 친구 M은 '도약하자'라는 말을 자주 하곤 했다. 한때 유행했던 말로 '가즈아!!' 같은 뉘앙스. 이를테면 '나, 도약할 거야.' '나 도약하자' 같은 이상한 말을 제 혼자 지껄이며 술을 퍼마시거나 기행을 펼치곤 했던 것이다.

그래도 녀석을 병원에서 보게 될 줄은 몰랐다. 바싹 마른 녀석에게 과일바구니를 건넨 나는 '이 새끼 이거 약한척하네, 나대던 놈은 어디 갔냐?'라고 너스레를 떨었지만, M의 눈빛은 한없이 차가웠다. '나도 좀 약하면 안 되냐' '나도 약하자 좀' 나는 웃은 채로 굳은 얼굴을 하고 녀석의 등을 쓸었다. 뼈가 만져졌다. 그게 나와 M의 마지막이다.

M은 수면제를 먹었다. 깨는 일은 없었다. 약을, 잔뜩 먹었다고 했다. 나도약하자. 나는 녀석을 이 다섯 글자로 기억한다. 기행과 등뼈, 수면제로 기억한다.

소피아 중학교의 슬픔

중학교 2학년에 막 올라온 민하는 최근 고민이 생겼다. 아버지의 직장 문제로 새로 이사 온 동네는 1912년 목포에서 들어온 선교사들이 광주천을 타고 들어와 공동묘지를 싼값에 매입해 처음 교회를 세운 성지였고, 주변에는 100년 역사의 교회만 2개, 온갖 지파의 교회와 사이비까지 가득했기 때문이다.

더불어 신학대학을 비롯한 중. 고등하교 미션스쿨이 많았는데 살레시오 고등학교, 소피아 여자 중학교, 마리아 중학교 등 여기가 한국인지, 바티칸인지 알 수 없는 네이밍의 학교들이 즐비했다. 민하는 집에서 가장 가까운 소피아 여자 중학교에 입학했다.

"자! 우리 학교에 전학 온 민하를 위해 축송을 부르도록 합시다!"

선생님은 교회 특유의 박수 제스쳐를 취하며 노래를 시작했다. 끔찍한 바리톤. 아이들이 하나둘 따라 부르기 시작하자 벌써 정신적 피로가 몰려오기 시작했다.

알고 보니 소피아 여중은 두유로 유명한 36재단에서 운영하는 학교로 급식에 고기가 나오지 않았다. 탕수육에는 표고버섯이, 햄버거 패티는 감자가 대체했다.

물론 아이들은 착했다. 천사가 따로 없을 정도로. 하지만 민하가 종교란에 '무교'를 적는 순간 아이들의 눈빛이 달라지기 시작했다.

"민하야… 그러지 말고 하느님 믿자 우리…." 짝꿍이

"이 반에 무신론자가 있다던데?" 선생님이

"선배! 선배 되게 유명해요 신을 안 믿는다면서요?" 후배가

"선배로서 종교를 꼭 가졌으면 싶다…." 선배가

학교 어디를 가든 이미 유명 인사가 되어 있었다. 민하는 다음날 온몸에 십자가를 두르고 등교를 했다.

그렇게 며칠이 지났을까? 한참 자라야 할 시기에 고기 섭취를 하지 못하자 어지럼증이 느껴지기 시작했다. 철분을 비롯한 필수 영양소의 부족이었다. 그리고 5교시 수업 시간, 결국 민하는 피구를 하던 도중 극심한 어지럼증을 느끼고 쓰러졌다.

"민… 민하야!" 천사 같은 짝꿍의 목소리가 들렸다.

"자 다들 조용! 우리 민하가 일어날 수 있도록 다들 기도를 하자!"

체육 선생님의 목소리, 웅성거리는 소리가 들렸다. 민하는 힘겹게 실눈을 뜨고 그 광경을 보았는데 우리 반 전체가 무릎을 꿇고 눈물을 흘리며 기도를 드리고 있는 모습이 보였다. 기가 막혀서 눈이 번쩍 뜨였다.

"봐! 민하가 우리의 기도를 듣고 깨어났어! 아 하느님!"

반 아이들과 선생님은 서로를 감싸 안고 찬송가를 불렀다.

극심한 피로가 몰려왔다.

"빠... 빨리…."

"응? 민하야?"

"빨리 119나 불러 개새끼들아!"

민하는 말을 마치고 완전히 정신을 잃고 말았다.

부록

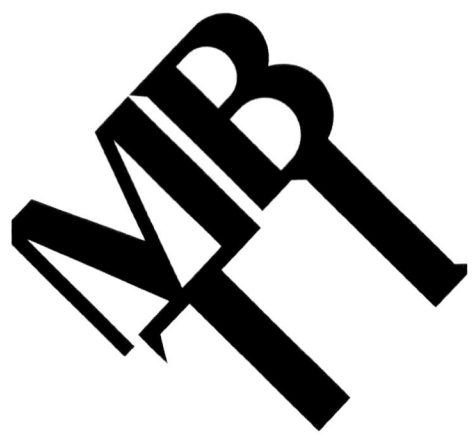

　소설과 관련된 콘텐츠를 구상하다가 MBTI 미니픽션을 써보기로 했어요. MBTI 자격증을 취득하고 서울숲, 신촌 서울국제여성영화제, 서울 국제도서전에서 주문소설 행사를 진행했던 경험을 살려 주문을 받아 에이포 반장 정도의 짧은 소설을 써보았습니다. 진행방식은 아래와 같습니다.

　1. MBTI 성격유형을 1~3개 사이로 선택한다.
　ex) INTJ, ENFP

2. 키워드를 1~3개 사이로 선택한다

ex) 강아지

3. 하고 싶은 말 : 100자 내외로 자유롭게 쓴다

ex) INTJ와 ENFP의 관계에 대해 써주세요

= INTJ X ENFP X 강아지

'INTJ 유형인 나는 ENFP의 활달함을 감당하기 힘들어하다가 ENFP의 행동양식이 골든트리버와 비슷하다는 사실을 간파해 내고 강형욱의 애견 프로그램을 보고 따라 해 문제를 해결한다.'처럼 짧은 내용의 소설을 써 드리는 방식입니다.

전통적인 형식의 단편, 작가의 상상력에 기반을 둔 미니픽션도 좋지만, 사람들은 점점 더 나와 관련해 밀접한 콘텐츠를 찾는 생각에 미쳤습니다.

결과는 제가 다 소화할 수 없을 정도로 많은 신청자분이 있었고, 좀 더 발전시킨다면 지속할 수 있는 창작 방식이라는 확신이 들었습니다. 다만 책 한 권으로 엮기엔 작품이 적어 부록으로 남깁니다.

MBTI FICTION : INTJ X 우주 X 망상

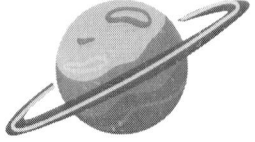

밤길을 걷다가 문득 주시하던 건물들은 거리와 각도를 부지런히 변함을 눈치챘다. 큰 물체에 시선을 둘수록 세상은 크게 움직인다. 나는 시선을 고정한 더 큰 물체들과의 움직임을 생각하며 걷다가 달에 시선을 고정하기로 했다. 달은 내 눈으로 볼 수 있는 가장 큰 물체일 것이다. 지금은 반달이다. 밤사이에 지구 반 바퀴를 가로지른다.

가려진 부분이 그림자니까 그쪽으로 땅을 뚫고 이동하면, 다른 행성에 닿을 수 있을 것만 같았다. 공전하는 크기와 속도, 소리, 소리가 날까? 저 큰 것들이 움직이면서 낼 소리를 생각해 보다가. 더 큰 것을 생각해 본다. 목성보다도 더 큰 행성.

제3의 눈 제6의 감각. 이런 식의 확장이 가능할까? 나는 이쯤에서 생각을 접기로 하고 기숙사로 돌아간다. 바깥바람이 너무 차다. 나의 기숙사는 10평 남짓이고. 방이 너무 좁아서, 너무 답답하고 무서워서 창문을 열고 달을 바라다본다.

이 작은방 안에 갇혀 있다는 게 너무 답답하고 무섭다. 이 건물 안에 갇혀 있다는 게 너무 답답하고 무섭다. 이 동네 안에 갇혀 있다는 게 답답하고 무섭다. 이 지역에 갇혀 있다는 게 답답하고 무섭다. 이 나라에 갇혀 있다는 게 답답하고 무섭다. 지구 안에 갇혀 있다는 게 너무 답답하고 무섭다. 태양계 안에 갇혀 있다는 게 너무 답답하고 무섭다. 우리은하 안에 갇혀 있다는 게 너무 답답하고 무섭다.

너무 나갔다. 나는 역시 두리번거리면서 걸어야 한다.

MBTI FICTION : INFP X 상처 X 심리

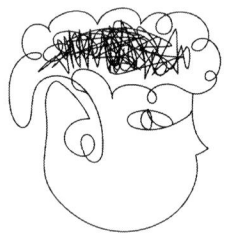

구름의 모양을 맞추는 걸 좋아한다.

어렸을 때부터 하늘의 구름을 보면서 강아지 모양, 토끼 모양 흔치 않게 별 모양 등을 발견하고 나면 들뜬 기분으로 친구나 부모님께 말을 하곤 했었는데, 이젠 혼자 스마트폰으로 사진을 찍곤 만다.

오늘도 밖을 나서는데 딱 그런 구름을 하나 발견했다. 누가 봐도 고래 모양이라 이번엔 사진을 찍곤 친구들 단톡방에 올려보기도 했다. 금방 답장이 왔다.

"구름이 가지 모양이네?"

"구름이 그냥 구름이지 무슨 ㅋㅋ"

"아니 저건.. 난 말하기가 좀 그렇다."

"뭐야?"

온갖 의견들이 오가는 가운데 고래가 한 마리도 없다. 기운이 빠진다. 그렇게 고래인지 가지인지 모를 구름을 한 번 더 쳐다보고 회사로 향한다.

그리고 아무리 봐도 고래다.

회사에 도착해 자리를 정리하고 컴퓨터를 켜는데 팀장님이 들어오는 게 보인다.

"안녕하세요 팀장님"

인사를 건네고 눈을 마주쳤는데 슬쩍 쳐다보더니 쓱 지나쳐 본인 자리에 가 앉는 게 아닌가, 마스크를 쓰고 있어서 표정을 보진 못했지만 내려다보는 시선이 너무 차가웠다. 팀장님 자리에서 빠르게 키보드를 치는 소리가 들려온다.

내가 보낸 초안에 문제가 있나? 내가 뭔가 실수한 게 있는 건가? 왜 인사를 안 받아 줬지? 그저께 한 그 실수 때문에 아직 화가 안 풀린 건가? 여러 생각이 먹구름처럼 머릿속을 헤집고 들어온다. 경고 메일이라도 쓰고 있나 싶은 최악까지 다를 즈음 팀장님이 부르는 소리가 들려왔다.

"미안해 급하게 보내 달라는 게 있어서 인사도 못 받았네"

"괜찮아요..! 바쁘신 것 같았어요."

이제 서야 마음이 놓인다. 영화 올드보이에 사람은 상상력이 있어서 비겁해진다는 대사를 들은 적이 있다. (보다가 너무 잔인해서 꺼버렸다) 팀장님이 말하지 않았으면 3년 전에 한 잘못까지 떠올릴 뻔했다. 어쩌면 친구의 말이 맞을지도 모른다. 구름은 그냥 구름일 뿐이다.

MBTI FICTION : ISTJ X ENTJ X 시계, 시선, 행복 X 로맨스판타지코믹액션스릴러공상과학

오늘은 우리가 만난 지 3,650일 18분 12초가 되는 날이다. 아니, 이제 13초가 되는 날이다.

처음부터 그녀가 나를 좋게 본 것은 아니었다.

그녀가 자신의 상상에 관해 이야기할 때면, 나는 무슨 말을 해야 할까 종종 망설여지곤 했다. 이를테면 '제주도에서 조랑말을 렌트 해보자'라거나, 감귤 국수 따위를 만들어 먹어보자는 이야기에(유감스럽게도) 마음 깊이 공감할 수 없었다.

나는 대신 08:57분에 서울에서 출발해 10:51분 출발하는 비행기를 타고 제주도에 도착해 어디를 가고 무엇을 먹고 뭘 하고 어디에 묵을지를 심사숙고하여 작성하곤 기안문 올리듯이 보여주었다. 그녀는 흡족한 얼굴로 기안문을 통과시킨다.

"훌륭하다."

이럴 때면 마치 사장님의 칭찬을 받은 신입 사원처럼 마음이 들뜬다.

가장 마음에 들었던 순간은 제주도에 도착해 해변에 다다른 순간이었다. 나조차도 시원하게 펼쳐진 바다와 하늘에 시선을 빼앗기고 말았는데 내 앞에서 그녀는 시계를 바라보고 있었다.

"11시 32분 정확해"

그녀가 만족스러운 미소를 지어 보였다.

그 순간, 이 여자다 싶었다. 휴양지에서조차도 시간을 먼저 확인하는 그녀의 모습은 내가 일생에 바라왔던 이상형 그 자체였던 것이다. 그녀와 함께 라면 세상에 무슨 일이 닥치더라도

3영업일 이내에 해결할 수 있을 것만 같다. 이루 말할 수 없는 행복감에 사로잡혀 있을 때 그녀가 말했다.

"아 맞다 환전은 해왔어?"

"제주도에서? 무슨 환전?"

"제주도에서 화폐로 귤 쓰는 거 몰라?"

그녀는 갑자기 웃음을 터뜨렸다.

아무리 그녀라도 이런 건 솔직히 받아주기가 힘들지만, 이미 시계를 보는 뒷모습에서 사장님의 아재 개그 정도는 너그러이 웃음으로 넘겨줄 수 있는 신입 사원 마인드가 되어버렸다. 사랑의 힘은 위대하다.

"12시 21분이니까 이제 택시 잡고 예약한 식당으로 가야 해"

"제주도에서 택시는 무슨 조랑말 타고 가"

'농담하지 마'라고 말하려는 순간 멀리서 반짝이는 형체가 다가왔다. 분명 말인데, 어쩐지 각이 진 모양이다. 이마에는 TAXI라는 글자에 몸에는 신작 넷플릭스 영화광고가 프린트되어 있다. 기계인 모양이다. 내가 얼어있는 사이 그녀는 자연스럽게 말 등 위에 올라탄다. 그녀가 내민 손을 잡고 말(이라고 부를 수 있을까?)에 올라타자 그녀가 허리를 감쌌다. 따뜻한 온기가 느껴졌다. 그리곤 생각했다.

그래, 이해할 수 없으면 뭐 어때…. 제시간에 도착하는 게 중요하지.

사랑의 병원으로 놀러 오세요

발행일 | 2022년 8월 31일

지은이 | 허광훈

펴낸이 | 마형민

기　획 | 허광훈

표　지 | 허광훈

편　집 | 허광훈

펴낸곳 | (주)페스트북

주　소 | 경기도 안양시 안양판교로 20

홈페이지 | festbook.co.kr

Copyright (c) 허광훈, 2022, Printed in Korea. 저작권법에 의해 보호를 받는 저작물이므로 무단 전재와 무단 복제를 금합니다

ISBN 979-11-6929-080-7 03810

값 12,400원

* (주)페스트북은 '작가중심주의'를 고수합니다. 누구나 인생의 새로운 챕터를 쓰도록 돕습니다. Creative@festbook.co.kr로 자신만의 목소리를 보내주세요.